[格拉克文集]

Julien Gracq
Lettrines

首字花饰

【法】朱利安·格拉克 著
王静 译

华东师范大学出版社

华东师范大学出版社六点分社　策划

St Florent, 23 juillet

Chère Mademoiselle

Je vous remercie de votre lettre. Je suis heureux que vous ayez du succès de votre thèse, et je vous souhaite une heureuse carrière à l'Université de Wuhan, où on a traduit en chinois mon livre Le Rivage des Syrtes il y a quelques années. Croyez que je suis touché de l'intérêt que vous continuez à porter à mes livres; j'espère que nous resterons en contact malgré la distance et je vous assure de mon fidèle souvenir.

Julien Gracq

Julien Gracq 于 1997 年写给本书译者的信

目 录

中文版前言 /1

首字花饰 /1

中文版前言

朱利安·格拉克(Julien Gracq，1910—2007)，本名为路易·普瓦里埃，是法国20世纪著名的小说家、诗人、剧作家和文学评论家，也是法国文坛最隐蔽的作家之一。少年时曾就读于著名的贵族学校亨利四世中学，后进入高等师范学院及政治学院学习，主修历史与地理，并获得该专业的教师资格证书，毕业后，先后在外省和巴黎的几所中学任教，直至70岁退休，文学创作起初只是他的业余爱好，然而这种爱好使得格拉克一生笔耕不辍，在半个多世纪的文学创作中，他也许称不上是一个多产的作家，但他以其永恒的主题和洒脱的文笔奉献给了法国文坛为数不多却弥足珍贵的精品。法国总统萨科齐在格拉克去世的第二天发表公报表达对格拉克的哀悼，赞扬他是"一位具有丰富想象力、智慧超群、有独到见解和观察力的作家，并且是一位为人忠诚、对人生孜孜不倦、不断探索和追求的人，是法国20世纪最伟大的作家之一。"

《首字花饰》及《首字花饰2》是格拉克分别于1967年和

1974年发表的。作者没有更换书名,因为这两本书在写作风格上一脉相承。从内容上看,有点像文学随笔,长短不一,除了几段少数的回忆外,大多数文本的长度不超过一页的篇幅;从体裁上看,有叙事、散文、小故事、回忆、箴言、读书笔记、游记、观后感等多种文本,但整本书又并不确切地属于上述任何一种文体,那么如何看待这两本书的创作风格呢?也许我们从书名中可以找到答案。Lettrine 这个词在法语中指的是装饰性大号字母,用于突出章节和段落的起始部分。直至今天,我们仍可以在一些报刊杂志上看到这种大号花体字。显然,格拉克取此词的含义旨在尝试这种篇幅短小、行文自由、瑰丽多彩、意蕴深广的"断片"写作风格,作者可以轻松实现不同文类、主题、笔调、题材等的自由混杂。这种"断片"写作风格在格拉克的创作中起源于一个纯粹偶然的事件:1954 年 3 月 30 日,在批改一位学生的作业时,信手在本上记下了一段关于巴赞元帅在普法战争中指挥的几次战役的简短思考,从那一刻开始,格拉克开始了这种零散随意的断片创作,代替了此前以虚构叙事为主的创作方式。这种"断片"写作不需要构思任何写作提纲,可以说是思绪的瞬间记录,断片的内容也包罗万象:童年回忆、风景印象、读书冥想、战争经历、文艺评论、历史反思……格拉克将这些断片先记录在一个笔记本上,继而修改润色,再誊抄到活页纸上,这样日积月累,第一本共 237 页,包括格拉克在 1954—1961 年间长达 8 年的文学笔记,第二本包含 1962—1967 年的文学笔记共 188 页,经过整理后于 1967 年出版了《首字花饰》。在短篇小说集《半岛》(1971 年)出版之后,格拉克的写作重心又回到这种篇幅短小的散文断片上,写作的速度越来越快,笔记本也是一本接一本地用尽,平均每 9 个月完成一本

95页的笔记，这样1966—1973年又积累了四本文学笔记，于1974年整理出版成《首字花饰2》。当然，正式出版前格拉克又对这些文学断片进行了整理和编排。两部作品的发表前后相隔了7年的时间，其写作风格也发生了细微的变化，在《首字花饰》中，作者基本保留了笔记原始创作风格，短小精悍，笔锋犀利，洒脱飘渺，正如作者在1967年接受法国《新观察家》杂志的记者让·卢都采访时指出，这本《首字花饰》是"一个很自由的集合"，是各个断片自由拼贴在一起的"镶嵌画"。而在整理出版《首字花饰2》时，作者把相近相关主题的断片集中起来，并附加一个小标题，为的是给读者提供一个可能有效的阅读方向，格拉克曾说过，自己更偏好这种分章节的文学创作，而这种写作方式后来一直影响着格拉克的晚年作品，尤其在《边读边写》(1980)中还保留这个风格。另外一个有趣的细节是格拉克的手稿中都曾记上了每一个片段的创作日期，而在出版成书时这些时间的标记一并消失，格拉克赋予这些断片全部的独立性，摆脱一切时间和空间的约束。因而我们在阅读这些断片时，会感觉到时而朦胧缥缈，时而寓意深远，时而斗志激昂等等不同心境，令人回味无穷。

此外格拉克在作品中大量使用了不同的书写符号，如斜体、冒号、破折号等，这些符号的使用可能与我们传统意义的符号作用不尽相同，比如冒号在格拉克的笔下不是表示提示下文或总结上文的功用，而是指写作中其观点或思想的转变；破折号也不是用来表示话题或语气的转变，声音的延续等，而是表达思想的游离，感官的交融，漂浮的思绪等，而斜体字（中文版中用楷体字）的运用，更是如同一轮光晕笼罩着该词，传达给读者一种迷醉之感，品味其中意蕴深广的意境。我们在翻译中保留了作者所使用的书写符号，也给读者一个自由诠释的空间。

《首字花饰》和《首字花饰2》的写作内容涉及历史、政治、文化、小说创作、批评杂谈等社会各个方面，这也是我们翻译的难度所在，由于我们水平有限，书中翻译的不足之处恳请专家、同行和读者一起商榷探讨。

借此，我们对在本书翻译和出版过程中给予大力帮助的同行、老师及华东师范大学出版社六点分社表示由衷的感谢！

王　静

2011年6月于上海

波哥达黄金博物馆:首饰、金块、胸饰、项链,前哥伦比亚时代的秘鲁金杯。黄金,这不纯正的金属是一种很奇怪的物质,第一眼看去无法辨认。这种苍白的物质不是黄金,它闪烁着黄铜钢的光泽,有几处地方泛着红色的麻点,因此,我们会情不自禁地在它身上去寻找铜锈的痕迹。就像人类最初在埃塞俄比亚高原发现原始的小麦一样,这种疯狂的野草就在那儿,以一种尚未神圣化,不知名的物质呈现在人类面前的,这种物质似乎从内部的纤维组织里开始枯萎,它的重量开始减轻,色泽开始凋零:当人类将它作为珠宝开发时,一块黄金即将诞生。而这盖丘亚①手工艺者的精巧加工起了很大作用:让人觉得这儿的金银匠极力发掘这种金属材质的特性——就好比陶瓦匠们竭尽全力发挥粘土的特性——或者加工一根银丝扣针,或者制造一个半公斤大的器皿,其原始形状如同一个椰子被劈成两半。由于这块金属是严格按照其特性,按照它能被锻造成薄片或牵拉成丝的特性加工的,

---

① 南美安第斯高原各国的印第安人。

所以这块神奇的金属在加工前后能让人的眼睛和手产生微妙的新奇感,如同杜尚大理石块被凿成糖块大小。

由此想到那些著名的艺术家的照片,他们年轻时的、成名之前的照片所表现出的柔弱、不定形性、不确定性和稚嫩的个性。我们今天无意间发现了黄金,其实在仙女魔棒挥舞之前,它只不过是带有瑕疵的金属块。

* * *

在南特,多布雷博物馆,参观一场贝里公爵夫人的专题展览会。一位先生提醒我,在贝里公爵夫人的肖像画中,有一些标致性的特征显示出她患有甲状腺机能亢进症,这种病症好像经常伴随着的要么是性冷淡,要么是色情狂:或许,这就是"旺岱的后代"的产生。我们可以看到伯爵夫人曾经隐藏其后的壁炉挡板,还有她躲在吉妮小姐家编织的毛毯,及朱安地区"小皮埃尔"的农夫装。我们可以猜想,通过这大量的纪念物——我想它们大多是向当地显赫的皇族贵胄借用的——如纪念奖章、"圣迹之子"①的环形发髻,以及伯爵夫人的白色丝绸裙裾,上面还沾染了她丈夫的血渍,我们几乎很清晰地感觉到那种令人难以置信的、对君主制王权顶礼膜拜的冲动,就像深秋时节病态的花朵,而在这种氛围之中,波尔多公爵的诞生使得贵族阶级预感到自己的丧钟已经敲响,这种落魄解释了贝里耶从布莱依的城堡出来时对他的朋友说过的极度残忍的言词:"想活命的臭娘们!"如果我们不了解自路易十八以来,所谓正统主义②只期盼从天而降的奇

---

① 即波尔多公爵、尚波尔伯爵,系贝里公爵的遗腹子。
② 这个原则的内容,是要恢复欧洲在十八世纪末法国资产阶级革命过程和拿破仑战争过程中被推翻的各个"合法的"王朝和君主制度。

迹，那我们就无法理解它在 1815—1873 年间苟延残喘的历史：从那时起开始求助于神奇的古老仪式的魅力：查理十世的加冕礼；国王的仪仗队；波尔多公爵在维尔京的祝圣仪式，1830 年在波里亚科又举行过一次；再晚些时候，保皇党人在夏尔特和卢尔德的朝圣，其中夹杂着郝里路德城堡的朝圣。这不再是一个古老的、稳固的、有收益的、极度物质化的王权与教权的联盟：已然带有萨莱特和法提玛①的气氛了。当年夏多布里昂突然出现在国王逃亡期间的布拉格皇宫里，如同登上月球一般让人费解，而这位略带悔意的老伏尔泰主义者的言辞本可以感动太阳王，但听众却是一小撮只对猎奇感兴趣的人，他们已经不再寻找复辟的有效手段了，只是像渔夫国王那样，生活在惟一的希望之中，这种盲目的希望就是上天的允诺（尚波尔伯爵的一生只是这样一个允诺，在远离现实的幻想破灭中孕育，而又任由它慢慢地抽穗结籽）。

同样，再也没有什么能比这个小型的展览会更能帮助人们理解法国浪漫主义产生的环境到了怎样的一个层次，这就是正统派的极端保皇主义。瓦特·司各特曾频繁出现在旺岱省的暴乱中（在展出的一块大奖牌上，我们看见了穿着苏格兰式的褶裥短裙的波尔多公爵，他和姐姐手挽手，那时他大概十三岁），在这个日薄西山、失去活力的君主专治制度中——它同莫拉斯的理性主义相隔不知道多少鸿沟——百合花不再凋零漂落在法国蓝上，而更像是落在最后一个能为之说情的女性圣母玛丽亚的身上。透过祈福的铭牌"勿忘我"、纪念册的雕刻画、爱德华孩提时的头饰、发卡上夹着的褪色的头发，多愁善感之花洒满遍地。

---

① 这两个地名因分别在 1917 年和 1846 年有圣母的显灵而成为朝圣之地。

在博览会的一个偏僻角落里,有一幅可能是旺岱省孩童父亲、吉堡律师的肖像画,面容粗旷,远没有巴尔扎克式英俊美男子的神秘感。

* * *

"只有在富歇时代,法国警界高层的工作运作得很好。"当马德蓝在他的论文里(相当肤浅地)探讨这种警界高层招聘制度的时候,流露出这样一种评价,至少部分地表达了这层意思:那时招聘市场曾有几百名还俗的教士:这是不可估量的人力资源。富歇曾经隶属的奥拉托利天主教会似乎发展壮大了一群相当精干的"密探":一种神圣的部队。

富歇曾用一种和善的、神圣的委婉表述方式来形容他的那帮警察们,这种方式很令人好奇:那些专门负责收集言论的密探们被称为"精确观察者",而负责散布虚假消息的密探被称作"舆论的调节者"。

我不知道是怎样一种魔力,既模棱两可又持久不衰——它曾激发了巴尔扎克的想象力——却会对这个帝国时代人为而又浪漫的治安情有独钟,这支警察队伍源于余布教父和黑色小说的时代,至今仍以其特有的标志冲击着我们的想象力:眼角上低垂的两角帽、螺旋形的短棒,手指随便一挥,从封密的出入口跳出一幅卷轴:"神秘莫测和审慎稳重"。我们从很远的地方就能认出警署一词,高兴得就像孩子识破了木偶的装扮却仍就进入到游戏当中。

在大众的想象里面,富歇得益于他的两样东西:一个是他的职业相貌,如此的成功以至于成为标志性的象征:坏牧师特有的薄嘴唇、做伪证者的怪态、煮熟的鱼的鼓眼泡;——另一个是人们极不情愿地赋予他的为艺术而艺术的使命,这项使命将他培养成一个典范:鲁宾逊,大家的感觉是他应该尾随星期五。至于其他,马德蓝的论文可以说是个辩护词,显示出这个男人远不如传说中那么伟大:在他身上,如同在塔列朗的身上表现出的才干,是在社交中能让人相信不真实的事情,同时也很会精心地使用权术,他很会巧妙地利用身体的残疾夺得权力。塔列朗在他刚刚起床之际,招呼他的女人们进屋来,并且不知羞怯地摆出那只残疾的脚,意思很明白:跛脚的后面可以看见魔鬼,并以某种方式表现他的理由:他出奇的丑陋带来的苦恼使富歇明白,从虚无的沉默中同样可以获得和谐的旋律,如同帕格里尼与他的小提琴协奏曲:基于这种微不足道的相互抵押,他们俩都知道他们可以无限期地获利。(拿破仑毫不掩饰地说重新重用富歇不是因为想知道一切,而是大家认为他知道一切。)有趣的是,两个人彼此仇恨,但很擅长互相勾结,使他们的各自权力同时并存:这两个虚伪者导演的最成功的一出戏就是1809年的一个晚上,两位多年不合的同伴在沙龙里肩并肩地站在了一起,使拿破仑从西班牙腹地星夜奔回巴黎:在二十四小时内,整个巴黎的人认为帝国崩塌了,因为所有的迹象都已表现出来,那个弑君的年迈警务大臣看见邦迪森林的强盗朝他跑来。

* * *

厚厚的一层善意谎言——左派右派都参与编织——对我们掩盖了这个有教益的特殊性,这种特殊性是欧洲其他民族的人民不曾经历的:历史上曾有三次:分别是1789年、1870年和1939年,法国人投身到三场他们相互仇视甚于仇恨敌人的大型战争之中。这三场让法国人自食其果的战争几乎接连不断(1914年除外),当中,人们试图勾结敌人来战胜对手——出征的战歌就是为这些部队而作的，他们中的每个人特别关注自己的部队回来之后何去何从。所谓"爱国者"杜木里埃和罗兰与被称为"有教养的人"的特洛舒、麦克马洪和巴赞，就他们众多的内心不可告人的想法来看，实则一丘之貉。

* * *

对法国的宗教改革运动的夸张表述，尽管有《悲情赞歌》①，但还是和我们渐行渐远。然而法国大革命的波澜起伏，虽然没有诞生任何有价值的作品，却像一根紧绷的弦，一直延续到了今天，丝毫没有改变。当我们回想起宗教战争的时候，记忆中残留的是无沿的羽毛小帽和瓦卢瓦王朝的圆形皱领，追求高档时装的美好时代，尚波尔和肖蒙森林深处一排优雅的骑士与贵妇们——这些都是给大仲马提供写作的素材，但绝非为雨果准备的。然而，那些用参天古木点燃战火的马赛浮雕，今安在？

* * *

多么遗憾，我们没有描写风景的希腊文或是拉丁文作家。想象一下，在西塞罗时代，也有一个乔治·桑：我们读到的不是《小法黛尔》中所描写的牛儿在田间悠然自得的诗意画面，而是另外一副情景：成群的奴隶们带着脚镣从磨坊场或压榨场回来的情景，为了迎合微妙的情感需求，也许再加点儿祥和的黄昏时分的描写。把用来想象的事务交给斯宾

---

① 阿格里法·奥比涅（1552—1630），法国诗人，曾在他的叙事长诗《悲情赞歌》中呼吁为在宗教战争中殉教的卡尔文教徒昭雪。

格勒文化的追随者,这总给人一种突兀又奇特的距离感。

几个世纪以来,人类正如萨德侯爵笔下的莫斯科吃人妖魔满斯基——但又与他不同,人类还带着一种不太起作用的"自然性",做梦、吃饭、说话、走在自家的家具之间,就好比行走在山楂树篱中一样,这就是事实,而我们却拒绝承认。当见到奴隶们被成群地投入海鳝之口的场景时,我们还想着看到"罗马帝国末期的虐狂症",却只看见的只是一个富态的不速之客,一个想给他女婿惊喜的普瓦提埃先生①,整个场景中真正奇怪的地方是,它没有一点的紧张情节。

成千上万的曾被阿纳托尔·法朗士大声疾呼过"是那么充实的"人们,他们对审判的过度拒绝,被可笑地蒙上了同一种厌倦,对于一个热衷于历史最终审判的狂热者来说,没有什么更让人困惑的了。但一切就这样发生了,没有一个人抬高嗓门诅咒或是请求老天明鉴,没有骚乱,也没有聚会:奴隶制度的终结,似乎没有人感觉到——即使起草了一个无关紧要的笔录。刹那间,人们发现奴隶越来越少,接着在这个弱肉强食的社会中再也找不到了,但这个社会并没有像白俄森林里的原牛灭绝那样完全清除奴隶,从历史的发展来看,它没有留下任何痕迹,除了一个名叫斯巴达克斯的新生儿的诞生。在正义思想中有些丑恶的东西,在伟大的无果而终的历史事业中也有些黯淡的末世观念,就好像在它自身庞大重量的压迫下慢慢垮掉,在借尸还魂的上中世纪的沼泽中慢慢腐烂,而且没有谁还能感觉到腐烂的气味。基督徒、异教徒、蛮族、罗马人,不能激起任何人的兴趣。——一切就这样发生

---

① 系爱弥儿·奥吉埃和于勒·桑多的喜剧作品《普瓦提埃先生的女婿》中的主人公。

了——社会这个大怪物拥有强大的接受能力——一个阶级的彻底消亡。

马克思主义小心谨慎地对待社会的方方面面,却又陷入历史的虚无缥缈之境,如同穿过开满阿福花①的田野里,毫无结果,——这些在洗礼前夭折的幼小精灵,白璧无瑕,永远期待着救世主,将他们的遗忘托付给一群飞舞的蝙蝠:那游荡的幼小稚嫩的灵魂啊!

* * *

第二帝国的那些时髦女人给当时的文学尤其是戏剧编织了美丽又摸棱两可的花边流苏。这些挥金如土的女人们的社会地位的重要性——她们的统治,在我看来已经渗透到了第三帝国的头三十年,与经济追求的目标相吻合——它不会使一个马克思主义者无动于衷:或许见证了长期以来对法国资本在投资中不断再增长的厌恶感。需要证实的一点是,这些贵妇人身边的竞争对手,除了法国糖业、棉花以及铁路大亨们,只有那些加冕的国王。

* * *

重大事件中的悲剧层面常常比我们想象的要狭窄的多——难以置信的狭窄。这一点,雨果的小说《悲惨世界》里描写歧义街垒战的一段有很好的体现。在街垒战的枪林弹雨中,一帮人看完戏后开心地在大街上吃喝玩乐。在托尔斯泰的《塞瓦斯托波尔三故事》中,我们惊奇地发现,1855年5月,在被围困最严峻的那段时间内,每天晚上,市政地音乐台

---

① 在希腊神话中,阿福花盛开在冥王哈得斯的草地上,所以它代表悲哀。

周围传出的军乐里都会伴随着嘈杂的华尔兹和音。1940年5月24日,当我到达阿河的格拉沃利纳小镇时,后方不时地,每隔二十米就有古德里安将军的战车陆陆续续驶来,我看到的情景首先是:湖边有两个机枪手,他们在湖堤后蜷缩着身体躲避起来,手里还拿着刚刚开过火的家伙以及即将打开的弹夹,然后,在十米远的地方,有间视野开阔、可以俯瞰阿河的小咖啡馆,大开着门,一个身材矮小的老妇人正给靠在柜台上的两个大兵端上两瓶芝华士酒。

* * *

我重新读《悲惨世界》中关于1832年起义的章节,良莠不齐:雨果的整个形象也被简括其中。甚至巴尔扎克都不曾有的东西:顶着第一阵枪弹的仆人们,"在房屋前的小院里边笑边喊:'车子要来了。'——拴在马车上的马匹在黄昏时分空荡荡的街头惊恐万分地乱窜——这一段三个看门伙计和一个拾荒女之间的交谈令人称道。

然后,映入眼帘的是安吉拉斯在街垒上发表了一段令人惊讶的演说,为了有一副天鹅般美妙的歌声,他模仿着费尔迪南·比松①的声音:"所有人必须接受小学教育——中等教育要面向大众!"同样在街垒上,两声炮响曾令阿波里奈尔痴迷,这种优雅也表现出来:"没有女人的男人,是一把没有撞针的手枪:只有女人才能将男人击发。"

在这个章节中,加弗罗什②呈现出无所束缚的感觉,沉迷在无尽的自由中,在骚乱的氛围或是战争的气息中不断升

---

① 费尔迪南·比松(1841—1932),法国教育家,主张改革初等学校体制,1927年获诺贝尔和平奖。
② 雨果《悲惨世界》中描写的一个巴黎街头流浪儿。

华,就像浪涛顶端弥漫的薄雾。这一点,雨果看得十分清楚,也如此写了下来,(不幸的是这对他来说太简单了)而我则称之为重大事件的长篇大论。从历史的角度来说的确是准确的记载:1789年到1848年间所有的起义都是在雷鸣般的高歌声中进行的,只是从48年6月人们才咬紧牙关开始枪战。

* * *

爱伦坡:在英语国家里,被列为不能接受的、难以理解的古怪作家,而这一看法也得到评论界和最优秀的读者的一致认同。

当我们向一位盎格鲁·萨克逊读者谈到他的作品时(其实我们已经很厌倦他了,因为对方的反映从来都不会变化),他立刻会搬出《钟声》来反驳您:"那些钟啊,钟啊!钟啊!钟啊!"接着他就大笑。当然,我们把这些钟留给他,这些钟和世界上所有的钟一样,傻乎乎地敲打着。但是,还有《乌拉吕姆》、《阿拉贝尔·李》、《献给安妮》、《沉睡者》。然而,恰恰在一首不为人所知的诗歌里(《爱人在天国》),其中这节令人陶醉:

> 白日的虚幻朦朦胧胧,
> 夜间的梦境浑浑噩噩;
> 只见你轻灵的脚步跳荡,
> 只见你灰色的眼睛闪烁;
> 拌着那千古长流的溪水,
> 你的倩影飘忽,舞姿婆娑。

空无一物。呆滞的脸。密密实实,滴水不漏:在这来自天国的流水浇灌下,盎格鲁·萨克逊的感性能力也的确是滴水不漏啊。爱伦坡从来不保留美国运输到法国的廉价商品,任何一件美国的剩余物资。

我知道:从相反意义上讲,莫泊桑,被追求品质的读者所忽视,但却获得了大家广泛的纪念。然而就这种现象,大家能够理解:对于学习短篇小说创作的作家来说,在莫泊桑身上有一种育人的才干。他的小说中带有某种法兰西式布局的特性,这种特性能帮助剔除俄国或是盎格鲁·萨克逊式的冗言:如果我们称之为一种禀赋的话,这就是一种积攒财富的才能,具有新型国际化的法兰西式积蓄的才能。我们——,我们也就是波德莱尔、马拉美、瓦莱里、克罗岱尔——我们欣赏爱伦坡身上作为散文家和诗人而不是一个故事的讲述者所表现出的真情实感与优雅别致、无法简化的新颖形式的结合,这些让我们觉得我们的语言和英语一样具有相同的天赋。难道必须承认爱伦坡身上令人震颤的东西是从这种语言中发散出的一种红外线或是紫外线的物质,——本民族的人体察不了,只有异乡人的双眼才能感受到,虽然没有受过训练,但是更加敏锐——就好比动物们能听到我们制造的乐器发出的声音,然而我们却对这些声音充耳不闻吗?

* * *

有时,让我感到纳闷的不是兰波的沉默,而是在亦现亦逝的天才面前,这样一种不可思议的毫不骄傲,使奈瓦尔能够在《幻想集》之后写下《小颂歌集》。

* * *

借着筹备一次讲座的机会,我读了罗伯-格里耶先生以《为了一部新小说》为题发表的一系列杂文。他的观点很奇怪,认为过去一些重要的小说大多以对人物性格的研究为中心。这一点对我而言,就如同说一个机体的中心是心脏一样不可理解。在一本伟大的小说中,与同现实不完全和谐的世界相反,没有任何东西处于边缘——并列叠加也没有它的位置,普遍联系到处存在(正因如此,我们在读到一本高质量的小说时会感到一些拘谨,就像不久前我读到这样一句话:她开始弹奏钢琴,演奏奏鸣曲 75 号作品"。这使人想到卡片或参照编目上那个毫无生机的世界,以至于本来充满浪漫幻想的血液突然不再喷涌)。如同一个有机结构,一本小说经受多种多样的影响:就是谈到那些人物中的一个,他请人摘下了黄昏和清晨新鲜的露珠,这让我们的女主人公突然萌生爱意。如同整个艺术作品那样,小说发端于宇宙的回声——它的秘密是创造一个同质的境界,罗曼蒂克的天空,在那里人和物相互融合并向四面八方发出强有力的波动。一个被心智渗透并被深深唤醒的世界,一个被晦涩奇妙地净化的世界——一个不属于生命的世界却又只和生命的世界相似,如同一口钟,在一个既重要又不完整的范畴内,相似于一口锅罢了。

* * *

鲁瓦耶-科拉写给维尼的大家所熟知的一句话:"先生,我不再读下去了,我从头开始读。"事实上,这句出自一个老翁之口的话使我震惊。不是说觉得它滑稽可笑,而是这句话的表达出来的格调,对于经受"新的震颤"的耄耋之年的老者,以及对于天才儿童的祁福者,他们十之八九在唱一出喜剧,并以陀思妥耶夫斯基笔下正经的醉汉的方式向青春"致敬"。大家都喜欢有文化底蕴的人,他一次收获了果实并且随着年龄的增长获得了创新的能力(因为无论如何,"活到老学到老都不为蠢"),或者说具备表达愤世嫉俗的才能。(况且所有的天才都会愤世嫉俗,也都希望把对方打倒:我们想象一下,巴尔扎克、瓦格纳或是陀思妥耶夫斯基,甚至卡夫卡,他们正表露什么吗? 只有年老的歌德拒绝一切:《环球报》年轻的记者们着实让他大吃一惊。)

我比较喜欢象征——也许令人有点吃惊:在这儿,也许是沉闷的克洛岱尔所说的"我不再往下读了,先生,我再读读自个儿写的东西。"我有一次看见他排练戏剧《正午的分割》,置身于助手们的争吵、喧闹的昏暗泥淖里,突然抬起头来,口里嘟噜着,只听见一个简单明了的发音:他的,随后就是肆无忌惮的鼓掌,他首当其冲。这就是创造者,像人们说的那样,充满自信。人们对待新生事物的开放态度就是太少,不管对自己的还是对他人的,在这种情况下,人类只有自认倒霉了!

* * *

文学批评长久以来大概缺乏一个根本的要素,特别是个人专著方面,多半是卷帙浩繁。今天我们倾注大量时间对这样或是那样地著名小说进行评论:《包法利夫人的起源》、《危险关系起源考究》等等。作家本人能找到的要素就是每时每刻动笔前,他的想象力投射到书中的一连串的精灵,这些精灵,随着写作过程、每章节不可避免地出现扭曲的内容而变化着。这一切就好像在具有某种特性的风景中,投射在旅行者面前的一道蜿蜒崎岖的道路。这种特性表现出一系列不同的视角,有时十分出人意料。

读到书中每个转折点的时候,有可能而且在大多数情况下另一本书就会消弭于无形。不论是从它肤浅的情节来看,还是从运用基本的词汇类型、基本的感情基调来看,就是一本与众不同的书。有些渐渐散失的书籍,大量被扔到文学的边缘地带,逐渐被人遗忘。正是这个原因它们不断给文学评论带来新的内容,以便更好地诠释作品。有些书没有等到出版那天就散落了,但是它们并没有完全消失,依然以某种方式发挥着作用。在阅读这些书整个章节的过程中,正是书中的幻影牵引、拖拽着作家,激发他的创作渴望,焕发他的创作能量。正是在它们灵光照耀下,作家有时才能写就一个个完整的章节。作者旅行时留下蜿蜒崎岖的痕迹穿过白色纸页的沙漠,您不仅仅要了解作家停步饮用的水井分布之处,还要知道他跨步前行寻找的海市蜃楼,这样才有可能解释出他的行踪。

在这里,我们或许得看看作者的个人经历。《林中阳台》这部小说的整个第一部分,是以在法里兹观看子时弥撒的视角写成的。这部分应该说很重要,它可以通过带有宗教气氛的渲染,为全书其他章节做好了铺垫。况且,在小说《西尔特沙岸》中,一直到最后的一章,情节始终暗示这一场永远不曾爆发的海战。

批评家先生们,你们找找吧,好好找找,怀揣着马拉美式的担忧追寻这些虚无的、毁坏的、空无的书籍留下的足印,在实际写作中,这些书开启了现实和虚构的穿梭之旅。

大家都来当一当杜邦先生①,异常地细腻敏锐,不断探索和调整人的心灵旅程,尽管到处充满了出人意料的绝境和僵局,一切在磁场的冲击波下变形扭曲。当你们研究透了作者的旅行计划,你们很擅长这样做,请给旅途中的意外事件留出一个位置,一个很大的位子,而作家本人是不会与你们争夺的。所以,你们还是在作品的结构上多加思考吧!因为,如果说从一个活体到它的骨架的分析有某种意义的话,那么从骨架再到活体分析就毫无意义。

* * *

进行文学批评要首先了解的事情是有关作家的情况,这是批评的本源。是啊!(但是这个可悲的真理,我们只能悄悄地讲)。作家不严肃,这就是令作家的生活复杂多变的原因。在灵感方面,东扯西拉,絮絮叨叨,算是他们最不起眼的毛病了。我讲个自己的例子。15多年前,当我让人排演一出戏剧时,那些严厉的批评家们猛烈尖刻的批评(我并不为自己不偏不倚的态度而自鸣得意)几乎没能让我神经紧绷。

那时我要是对指责我的批评家们反唇相讥,会是多么可笑的一件事呀。我暗自压抑了反击批评的愤怒心情,几周后便体会出笔端流淌出的美好心情,这种愉悦一泻千里,不可遏抑,《胃里的文学》一气呵成。让-雅克·戈蒂埃和罗贝尔·康扑两位先生不知不觉中把我当成了他们的恩人,给我带来了活力,而这正是我猛烈批评文学奖以及圣日耳曼大街的书市时所缺乏的,但还是无济于事。打个经典的比喻,一个路

---

① 爱伦坡的侦探小说《莫尔格街谋杀案》中的主人公。因严谨的推理和敏锐的眼光而令格拉课倾慕。

人慌乱中从一群斗殴的人旁走过,他还是受伤进了药店,因为他的错在于靠得太近了。

* * *

发生的一切都恍若似真:当我开始写一个故事时,视野中的所有事情都随着故事情节的发展停在边缘,而我动笔开始写作时,我能支配的,只有女性特有的视角,图像在视网膜的边角上生成,并且这种奇特的视角能使女性们走在大街上听见身后响起脚步声时,不用回头就能隐隐约约感觉到身后的尾随者。

上面所谈的,就如评论界指责您的创作手法。但是,按照毕加索的说法,如果认为"手艺"并不能无师自通的话,那么评论界大概十有八九会认为,"创作手法"对一个作家而言,那就是不能被选择的东西。

* * *

在我小说中人物的体貌特征卡:

年代:第四纪。

出生地:不明。

出生日期:未知。

国籍:边境。

父母:偏远。

婚否:未婚。

子女:无。

职业:无。

活动:度假。

兵役情况:社会边缘。

生存方式：假设性。
住址：从不住自己家。
第二住宅：大海和森林。
汽车：秘密驱动装备。
游艇：威尼斯小艇，或小船。
从事体育运动：白日梦、夜游症。

* * *

也许在某个雨后的下午，作为闲暇消遣我会找来瓦莱里的几首诗歌读，他的诗从表面上看语调统一、完美无缺，可他却喜欢突然改变主意，犹如大学生的恶作剧。比如《内在》的最后一句：

——纯粹的理性免去矫饰。

戏谑、无赖、突兀的改变，在他的身上如此明显，如此具有象征的意味。这些在他的诗集里一点儿也不缺。他的蓝眼睛的惊鸿一瞥，好比是勉强存在的几个顿挫，尊贵的评论家对此早就该有所顾忌了。在这个魔鬼一般的人身上，狡黠之光永远都不会离得太远。他的诗充满了不经意的肘撞之举，并且朝向"少数的特权"阶级。

* * *

作为一个诗人，瓦莱里没有魔鬼般的力量。作为散文作家，如果可以这样说的话，他是纪念册里的思想巨人。这并不是贬得他一无是处。我重读了《罗盘》，而且我不知道，通过这些偶然的思考，读者会留下怎样热情而又诙谐的印象：

我们看见一瞥蓝色眼神，无论是谁，都会满怀信心，就好像觉得有人暗暗地用手肘碰了一下。在这个充满了智慧的体格中洋溢着一种令人羡慕的、苏格拉底式的平等。

他没有魔鬼般的力量，这是当然的了。但他代表了我们文学里最具糜非斯特意味的精神。换言之，他是一个如此出色的同伴，永远不会让人厌倦。而且正如糜非斯特从来不作恶。他以他的方式成为人类的一个朋友：人类是他最爱的生物。我们感觉得到，这个"世界小神"的愚蠢、狡诈以及旺盛活力让他兴奋不已，仿佛还在创世的第一天。

* * *

对于作家们而言，评论界对他们第一本书的评论，犹豫的不是它们成功的大小、优点或不足的比例，而是更严肃的问题，被我们在体育活动中称之为门类的问题：作家或是拙家，杂交的佩尔什马或是纯种的马，在跑了第二次或是第三次之后，我们就心中有底了，于是为了简化过程，我们在马尾或是马鬃上做上记号。

* * *

勒南：通过阅读一些他评论的主要著作的批评文章，（在今日科学看来，也许十分孱弱，稀疏），我们情不自禁地想精挑细选一下，选择半个世纪以来一直让我们受惠的作品，传说中的作品，不管是光影分明、可靠性高的还是黑白暧昧、晦涩难懂的。一个长着翅膀的完美形象，却被一个不成文的法令规定，只有当所有的物质特性消耗殆尽直到最后一刻时，才会从孵化它的蚕蛹中破茧而出：从这个含义上讲，耶稣在他的传奇中完整地实现了歌德的《死亡和重生》，我们完全可以把它称作为死亡的外壳，正经历着完全的衰退，在福音传教中，也只字未提耶稣的外形、声音、头发的颜色。后来到了人类能写能画的时代，圣女贞德又十分奇怪地躲过了肖像画一劫，甚至连最为模糊的描绘也没有，但她生活的那个时代，是最后一个可能出现这一文化的：古登堡出世了，时间或许被永远地定格，人类的形象获得了接触他第四维度的机会。

＊　＊　＊

海明威：如果我要写一篇关于他的研究文章，我会把标题定为《论天才如极限》。每次开始一场对话，他所表现出来的稳定性就和萨沙·吉特利走上舞台一样。他知道，自己永远不会让人感到厌倦，他在纸上写满的对白像其他人在戏剧舞台上表现的那样自然。他在的时候，大伙都很着迷，可过后抽完一支香烟，却什么也不再想了。对于这样的天才，从一本书到另一本书，既没有孵化期，没有成熟期，也没有冒险的机会，没有失败可言：有的只是幕起幕落的间歇。

＊　＊　＊

对一个词的正确意义的围捕中，有两种类型：捉鸟和捕兽：前者是兰波，后者是马拉美。后一种类型往往比较容易的成功比总，他们的贡献也许不可比拟——但是他们从不带回活生生的猎物。

＊　＊　＊

我常常忍不住要问问那些剧作家，想知道他们是否和我一样在第一部剧作上演时（或者还包括接下来的，谁知道呢）是否遇到如此怪异的事情。十五年前我的一部戏上演时，我兴趣盎然地参加了每一次排练。但是,那一天,演员们第一次穿着戏服彩排时,舞台上陡然堆满了化了妆的人和染了色的幕布。霎时间,一阵撕心裂肺的冰冷的恐慌紧紧抓住了我:我不得不用双手撑住自己,才不至于冲向导演马塞尔·埃朗,并且对他说:"我们玩的挺开心。但现在是该停止这一切了。马上。这有点太离谱了。"

* * *

"袖珍丛书"重新出版了儒勒·凡尔纳的作品,并且配上埃特泽尔绘制的全部插图,实际上,孩童般的想象力的激情与永恒的文字联缀在一起,已经密不可分了。我一得到这个消息,就迫不及待地买了已出版的前十卷,像是做贼似的,把它们搬到家里陈列起来,久违的作品的魅力重又回来了,只是感觉有点过时,有点苍白,但是它们散发的魅力依然,历久弥新。《气球上的五星期》中美轮美奂的花饰插图,还有"维多利亚号"气球悬垂在广袤的非洲大陆秀美的风景之上,时高时低,忽大忽小,左摇右晃,像一盏点燃的明灯,又像是第七天的上帝之眼。

我十二岁的时候就知道了爱伦坡,十五岁的时候知道了司汤达,十八岁时知道了瓦格纳,二十二岁的时候,则是布勒东。他们是我真正的、仅有的对话者和守护者。更早以前,把钢琴上细小的的琴弦一根一根地夹紧,然后在旧式老钢琴棒槌的敲打下发出回响,这个只有在凡尔纳的身上才会出现。我由衷敬佩凡尔纳,有点把他当作父亲看待。我不能忍受别人当着我的面对他说三道四。他的缺点、他的草率软化了我。我始终把他看作是一块丰碑,任时光流转依然不能粉碎。这是我简单质朴的情怀。我不止一次地说《哈特拉斯船长历险记》是一部杰作,我从不会感到羞耻。

*　*　*

普鲁斯特:《驳圣伯夫》。他的写作到后期才算得上好:此处的表达还是软绵绵,没有力度。这已经就是《追忆似水年华》这本书的文风了,但仿佛是被水冲调得淡淡的,笔墨已经被吸干一样。作者的眼光似乎受到了年轻时代的某种盲目的局限,随着时间的流逝,这种盲目得到奇迹般的校正。

只有时光流转才能调整这种焦点:这一切的发生似乎他早已知晓,早已期待,并逐步规划。我从来都不知道我和普鲁斯特有什么关系。我欣赏他。但他使我产生这种惊叹的感觉,让我联想到了一袋袋的脱水蔬菜在盘子里又胀回原状,甚至重新恢复它们弯曲的茎杆,突然还有一小片的香芹,奇迹一般。我对此赞叹不已。但我并不知道自己是否喜欢。生活的面貌及重新找回的时光之流,从未让人们忘记先前的干涩。

*　*　*

想起来有点令人发笑。超现实主义原先只属于小机巧,自卖自夸的文学窍门,而这些和高科技技术员在勒比纳发明创造比赛中展出的作品是一样的。

*　*　*

小说家可以从巴尔扎克那里学到一个有趣的教诲:小说的次要人物(如布隆戴、纳唐、德·泰伊、旺得奈斯等等)更多地生活在我们读者的想象里,巴尔扎克在从一卷过渡到另一卷,显然是把他们给忘了。比如卡纳力,其名字和他诗人的身份一致,但在小说中成了不同的人物。然而,惊喜正在于这种人物形象无意识的间断性,不是把它们置身于一如既往的模糊之中,而是相反,赋予人物一种鲜明的立体形象。于是,从不连续性起,被压抑的精神从这种立体感中渗透出来。

人们总是过于关注小说的连贯性和过渡性问题。思维的功能是从一种形式到另一种形式无限地创造出合乎情理的段落。这是一个永远不会枯竭的粘合剂。此外,电影艺术长期以来告诉我们,对于影像,眼睛不能有所创建,而应该是思维无止境地创造出协调一致。正是出于对思维的这种信仰,才有了勒维迪的名言:"相关的命题越是远离现实,意象也就越美妙。"

* * *

两个世纪以来,法国文学的每一次辉煌成就,都没能脱离政治:伏尔泰、卢梭、夏多不里昂、拉马丁、雨果、左拉、法郎士、巴雷斯。甚至在二战后,抵抗运动首先推出的就是萨特和加缪。需要指出的是,法国政治流派的那些没完没了的分类,一旦涉及到文学,就得到了奇迹般的解决。一会儿是统一的右派,一会儿又是统一的左派,紧紧团结在他们的掌旗人周围,不言而喻,他们付出的代价是无休止的误解。美国政治生活的简单化势力偶尔便如此在法国得到施行,不过,仅限在一种情况下,就是把某个作家列入先贤祠。

正如第三共和国的某部长一样,作家也能改变他的党派,但与议会首领相反,议会领袖往往是从左派转向温和派,不成文的规则似乎对他来说就是要逐渐克制自己(夏多布里昂、拉马丁、雨果、左拉、法郎士,甚至还有纪德)。马尔罗就是牺牲自己的利益违反了这个规矩,也许还有莫里亚克——他们支持者的波动不定,在一个更为朴实的层面,隔一段时间就会产生夏多布里昂那样的变化来:右派——左派——然后重新回到右派。

* * *

从维尔曼①到布伦蒂埃②,大学的确没有主宰过文学——但是它还是稍稍操纵过:不仅仅是对大学生,对公众的影响也是有分量的。朗松③将文学封闭在与世隔绝的寻章摘句之中,已经有五十个年头了。在这半个世纪中,文学和外界没有接触。但是大学通过至少一部分先锋作家重新找回了这种一度丧失的文学与大众的直接接触。他们明白老师能从事批评家办不到的事情:强制规定计划表:将这些先锋作家放到他的课程大纲里,然后如果学生们不喜欢作家,至少会让学生们去翻译、讨论、解读这些作家。我们有时能感觉到一种新的提法出台时常常飘浮不定,并不是固定在尚未成形的文学抱负之上:棋盘上的小卒子可以推动先锋的发展。

* * *

有两类作家:一类早上起床后,鞋也不穿就直接干活了(狄德罗、司汤达),另一类则出于本能,不假思索地系好他们的皮靴(雨果、克罗岱尔)。如果认为其中一类比另一类更

---

① 维尔曼(1790—1870),法国政治家和批评家,比较文学的先驱之一。
② 布伦蒂埃(1849—1906),法国文学批评家,法兰西学院院士。
③ 朗松(1857—1934),法国文学史家,文学批评家,力图运用史学研究方法来研究文学史。

自然,那就大错特错了。我们的文学仅仅是一座殖民地的城市,在那里赤着脚的和穿皮鞋的擦肩而过:久而久之,随着时间推移,这两类人再也不碰面了。甚至在火炉旁,还是有许多人忍受不了穿着拖鞋的。

* * *

巴尔扎克的天分,比我们所想象的还要密切地,同他那对成功的强烈且庸俗的欲望连在一起。所有的价值他都想买到:公爵夫人们、政府部门、高级银行,都是酒桌上用的着的。但是,有多少把锁对他敞开,才能如此自然地将世界原本发展的线条握在手心里,这一切使他得以驰骋在怎样广袤的领地上,使他与下列作家相提并论:普鲁斯特——一个高雅的人;福楼拜——除了艺术别无雄心的人;司汤达——视在小阁楼里写作为幸福的人!

文体家有大略的和细致的两种,巴尔扎克就属于大略的一类。

* * *

我在广播里收听最后一批当代见证人讲述发生在(19世纪)70年代的战争①见闻。在屋子里,麦克风四处采集见闻:这些证人差不多到了天命之年。唯有一个听起来令人感动,优雅迷人,让人浸染其中,好像当年事件之花残留的挥之不去的花粉滑落在手掌中一样:那是一位年纪很大的女士的回忆,她可以称得上是圣母玛丽亚的孩子,在圣母升天日这

---

① 普法战争:1870年10月27日,14万法军在梅茨向普鲁士投降。

天,她和同伴一道来到罗兹李额奇教堂前,看到巴赞①的龙骑兵从那儿经过,他们是在勒宗维尔战役前一天离开梅兹的,"把你们的花束献给我们,可爱的小姑娘们。——噢,不!先生们,那是献给圣母玛丽亚的。"

噢,的确!我们不曾想到;在拿破仑三世告别巴赞以及他在莫斯科农庄附近的军队的那天,战役的命运几成定局,在洛林地区的每个村庄里,那些小女孩们就像什么事都没发生一样,跑来给圣母献花。那些重大的事件,在工作和岁月的经纬线上重新以天真的语气再现时,并没有像托尔斯泰认为的那样变得渺小:它们已经根深蒂固了。克洛岱尔没有忽视这一点。

* * *

布勒东。对于和艺术有关的东西,他总是带着强烈的兴趣,就如同我们看到妇人的清爽花裙在四月的初阳里舒展开来时的感觉。只要看看他历年来相继喜爱过的东西,我们不难发现,他每年都要向朋友展示自己的"春天收藏"。正如D. H. 劳伦斯在建筑上只喜欢土坯房,因为在大雨中这种建筑会被和成泥,布勒东只爱那些成熟的天才(兰波、努沃、格罗、洛特雷阿蒙、贾里都是早熟的那一类),他只愿采撷雪花莲。那些无法理解这点的人要感到羞耻:他最好的评论往往都是饱含激情的。至于冷峻沉着的判断则给他的评论添上了一抹最为亮丽的颜色:在他的花儿里,有采撷到的,也有受到启发的。

―――――――
① 巴赞(1811—1888),法国元帅,曾任远征军司令。拿破仑三世1870年8月15日即圣母升天日这天告别了巴赞的部队后,开始走向溃败。

* * *

作家在描写时,有的近视,有的远视。对近视的作家来说,甚至近景中很细小的东西都会清晰地表现出来,有时会令人惊叹;对于他们而言,贝壳里的珍珠,布料上的纹理,什么都没有流失。但是,远处的对象却流失了——而远视的作家只会抓住风景的巨大变更,或是解析裸露大地的表面;属于第一类的有:于斯曼、布勒东、普鲁斯特、科莱特。第二类有:夏多布里昂、托尔斯泰、克洛岱尔。那些秉笔直书,以完全正常的眼光写作的作家寥如晨星。

* * *

克洛岱尔和纪德、苏亚雷斯等人的《通信集》,随着时间的流逝,某种诙谐的意味逐渐凸现出来:平稳的大地与晕船相对。

* * *

陀思妥耶夫斯基的世界是:在思想涡流席卷下的世界,好像是冰雹风暴席卷下的田地。

* * *

心理分析文学——主题学批评——反复出现的的隐喻,等等。有一些人将您的作品排列成锁的形状而自认为掌握了一把开启的钥匙,对于他们又能说些什么呢?

* * *

克洛岱尔的强势:记得有一天转动收音机旋钮搜索电台

时,我听见从收音机里窜出一个女演员的声音,她当时在舞台上朗诵《交换》的段落:

有场景,有大厅……

因为我没有读过剧本,不知道说的是怎么回事,我完全悄无生息,张口结舌,就像被人揪着耳朵从地里拎起来的一只兔子。

* * *

拥有"正派风范"的作家,就像毕加索在他的蓝色创作时期一样。这已经令人感到奇怪了。更令人奇怪的是:有些作家有意识地恢复这种风格。——让整个世界见证这种莫里哀式的现象——他们召集了神学家和医学家,围着他们神圣的腹语术打转,同时还不忘敲响大钟。

* * *

拉格拉沃①:只有在清晨,山峰上的白雪光芒四射。在傍晚六时的落日余辉中,蔗糖般的白色转变成一种果肉般厚实且富有营养的物质,白得浓稠得让人想起黄油,并且把冰山覆盖起来,仿佛给它铺上了一层尚第伊奶油。在入夜的第一个晚上,白雪发出一种与众不同的荧光。

瓦尔弗洛瓦德山谷令人称慕的谷底,如约萨法山谷②一样,谷内两边是黑影似的峭壁,划过一道赤练的溪流——一

---

① 法国城镇,位于上阿尔卑斯省。
② 指耶路撒冷橄榄山附近的山谷。

个声名狼藉的死谷,那里的石头本身让人战战兢兢:一个遍地种满龙牙的地方。我还想到了爱伦坡引用的《缘定》题铭诗句:

> 站在那儿等我!——我不会忘记
> 和你相见,在那空悠悠的山谷里。

这个阴森的海螺壳般的峡谷毫不留情地将人类驱逐出去,原本的道路变得隐隐约约,继而变成山间小径。在这极偏远的地方,五、六间小屋的主人也疏散了。因此,我渐渐想到了"绝境谷"。我们第一眼望去,就能感受到这里没有人类生存的条件,即使是在这儿能找到食物,但从地下窜出寒气,凉透心底。

激流:离尚塞尔高山小屋不远,墨绿色的小湖镶嵌在一堆堆乱石之中。激流里的冰水流淌在溢流道里,如此纯净,看起来有点单调乏味,但它带来了狂动:纯而又纯的品质,总是带有破坏性。一边观赏,一边品味,感受到诺瓦里斯词句中赤裸裸的真理:"水是一束润湿的火焰。"

河水美丽的波纹里泛着零星的水泡,显现出珠光色的白线条,如同塑料包装盒上的纹路。

* * *

威尼斯:很少有人去这个城市的北角,因此那里是该城市黑暗面的藏匿所,只有叹息桥受到游客的光顾。北方冰冷刺骨的阴影自午后就笼罩在芬达门塔·努沃威上空。从那儿上可以看见灰得如斑鸠一般的河水被一座公墓的墙截断。

离那里不远的地方,在一个阴冷的小渠中,停放着黯淡的威尼斯刚朵拉,冰凉而又滑稽可笑,好像停靠在冥河岸边的波尔尼奥舰队。努沃威的聚居小区外观给人一种惶恐不安的感觉,那里的窗户就如同凹陷的眼睛,并散发出一种说不出来的布满霉菌的恐怖恶臭,让人同时想起了夏洛克①和遍地鼠疫的诺斯费拉图城:我期待着看见老鼠从这城里蹿出来。终于,在芬达门塔海角尽头——在一座大花园(威尼斯城内)的流水边,B指给我看,一所引人注目、非常偏僻的房子,这就是充满谜团的"幽灵赌场"。可惜那天,脚手架后面,赌场正在维修。

* * *

战后(1914年战争之后)的绥靖文学纵容下面这个主题的发展:当国家不再由那些将领或军火商们来治理,而是由一群曾在战壕里跌爬滚打了四年之久的人民之子来管理时,我们就可以安心了,但我们永远也看不到这般景象。

正因为如此,我们才会将墨索里尼和希特勒推上政权的舞台——这两位都是绝对典型的退役"前线战士"并且还都一直以此自居。没有必要指责这种简单化的对号入座。因为对我而言,它已经以其特有的愚昧玷污了诸如《特洛伊战争不会爆发》这样的文学作品。

* * *

《礼品的仪式》,这部作品在荣格的日记中占有如此显著的地位。这也印证了我事先所设想的,即一位有着巨大影响

---

① 指莎士比亚作品《威尼斯商人》中冷酷无情的高利贷者。

力作家的作品着力于刻画人物以及各种感情的时候,就能成为美妙祝愿的载体,甚至在更为细微的层面上给人以瞬时的满足,如同一些小贴士,告诉大家,如果你喜欢女人,女人们就会出现,同样,如果喜欢礼品,就会盼望着圣诞老人的到来。(我们似乎从科莱特作品的字里行间读到了作者向"佚名读者"传达的某些并非毫无原因的含义。)

读者面对作家的反应是:他们认为其具有强烈的预感,模糊不定的感应,一种把握形象的能力,这种微妙的感觉如同你走在大街上看到一位女性,决定是否要与她搭讪一样。出了名的作家或是没有出名的作家都会"收到读者的来信",同样,出了名的作家或是没有出名的作家都没有收到任何来信。

* * *

乔治·索莱尔:"哲学家们没有打算承认对艺术保持'权利意志'的顶礼膜拜":似乎哲学家们应该给艺术家们上一课,而不是从艺术家们那儿获得知识;他们认为,只有学界认同的情感才有资格在诗歌中抒发出来。艺术,与经济一样,从不愿意屈从于意识形态论者的苛求;它们敢于扰乱意识形态家们的和谐的社会格局;在艺术自由中,人类太养尊处优,以至于无法让艺术屈从于平庸的社会学理论构建者的要求。马克思主义者已习惯于意识论者从反面看待事物并与他们的对手交锋,他们应该看到艺术是一种客观存在,这种存在是要产生思想而不是用来实施这些思想的。

由此,我们看见有些同时代人在装腔作势。

* * *

论文学的禁忌:每个时代似乎都从某些作家——有时是二流作家——那儿得知,在某段时间内,在大家普遍仇视的巴黎氛围之中,没有人胆敢攻击甚或批评,好像有一副至尊天使的铠甲保护他们似的。在这些文学的禁忌面前,每个人首先要脱帽,并充满信任,如同在葬礼的过程中一样。

于是,第一针刺痛出现了,血腥味猛然飘散在大海中——鲨鱼不知道如何得知消息成群结队地从地平线的尽头跑来,每一头不停撕咬着属于自己的那块肉:撕得粉碎。

* * *

爱伦坡的才气,无论在他的铭文题字还是小说的创作素材中都显而易见。我们简单地将其中一部分与另外一部分并列起来,其间他那匠心独具的文气,言简意赅的、绝对的执著如音绕梁,久久不绝。

* * *

马拉美:我们很喜欢他的诗用这种更具有等级差异、更尊重外在象征的语言写成,如同优美的德语,每个名词的大写都表现了它的庄严。

* * *

诗歌:我不知道是否如同人们所说的那样,它拥有了自己的殉道士,但是我们这个时代里,它最伟大的忏悔者,毫无疑问,非安德烈·布勒东莫属。

＊　＊　＊

叙事的对话框——论反妒忌。

亲爱的朋友,是谁引起你的不安?说到底,那在我看来,是你身上完全的男性形象:多么像是阳刚之气啊!

阿拉贡:《法兰西女人》

在男人身上更为微妙的东西就是性。

我从一篇散文中摘取出这句话来,印象深刻,除此以外,没有其它的记忆了。

我们不能够证明我们所相信的东西。我们同样不能相信我们证明的东西。

荣格:《时间的墙》

我很喜欢梭罗临死前在他床上说的一句话,他在回答朋友们谈论他未来的生活时(我们可以想象他在弥留之际无力却又有些"忘形"的手势):"只有一个惟一的世界!"

＊　＊　＊

现代戏剧,是一种混合艺术,一方面它依靠坚实的内容与文学相连;另一方面又与观众眼中容易褪色的时装相连。

对一部当代戏剧作品的评价不可能摆脱眼睛的习惯性判断——它由成千上万外貌相似却又无法确定的身影叠映在视网膜上形成——这让我们对任何武断的奇思怪想,诸如今年流行什么服装，产生了免疫力。戏剧和戏剧评论如同时尚，诞生在一个普遍的摩擦之中：那是一种社会的愉悦。社会生活的特点之一（在巴黎的戏剧观众是一个广大又封闭的小社会，一个沙龙女主人的格言是："我们要拉帮结派！"就像在盖尔芒特家所说的）是很快摒弃它的礼仪、禁忌、手势和暗语、口令及其表述的方式，这样会将它在时间和空间上同其他的封闭群体隔离开来。

"我曾喜欢过这个！"一个风雅的男人在三十年后又重新阅读一本他年轻时看过的剧本的时候猛地跳起来自言自语道，就像他面对其生活照——穿着海军服和按扣式高帮鞋的照片时，也会说道："我曾经穿过这个衣服！"

没有一个戏剧评论家，三十年后重读他的系列评论不感到脸红的。十次中有一次会猛烈抨击——十次中有九次会肝火虚旺。这种现象具有普遍性，与智力和文化程度毫不相干。司汤达在他的日记里向我们谈论了第一帝国的盛大晚会给他提供的各种各样热门的新鲜事。

* * *

科西嘉岛：在阿雅克肖港口的外海上，丛林的味道飘到了你跟前，而且再也不会散去：返程途中，我再次打开行李，在封得严实的衣服上又找到了这种气味。这是一种干涩、炙热的树脂味，但是当这松树林遇热蒸发时，更为柔和的树脂香精却在尽情挥发：时而如饴糖般或是接近接骨木和山梅花蜜的香甜，时而辛辣，仿佛是做圣事，在那里一根香烧了好几个时辰：干涩的感觉压得鼻孔透不过气来，同时又尽情地呼吸，似乎我刚刚呼吸到的气味从一块被烈火烧红的铁锹上蒸发掉一样；这些就是阿拉伯半岛岩石地带的香味，不是从我们雾蒙蒙的森林里飘散出来的软绵绵的味道。我很喜欢靠近朗德森林的气味,如同人们开启一瓶阿拉蒙葡萄酒之后,把美妙的苍穹从一个高大的勃艮第巨人的手中解救出来一样。

波尔图海湾:一座被大海刚刚淹没的大山给人的印象如此强烈,使我们暗暗感觉出一股焦虑的情绪:我担心海水淹没的活动会持续不止。就像一幅洪水泛滥的照片:唯有那最小的悬崖缺口让人稍事放心。我们坐在船上,沿着伯尼法西奥悬崖脚边,也沿着大西洋边缘前行,但我们感觉不到水和土的和谐共处:似乎小岛刚刚滑入大海中,如同一个下水架的外壳,看看水墙的高度就知道船的吃水线在什么地方了。

* * *

蒙塞居尔:当我途经此地时,雨落如溪,群山都掩映在雨帘之后。

在通往特朗布勒莽山口荒芜的道路上,一个拐角处,看到了雨后初晴的阳光照耀下的第一个让人心动的山巅一角。在一片绿油油的风光里,它奇特的矗立方式就像是玄武岩山顶喷薄而出:一个与众不同的地方,一种与众不同的风格。在潮湿的背光里,石头也有金属般的光泽,仿佛涂上了一层融雪,峭壁耸立在冰川之上。

废墟以其特有的方式在其左右将岩石紧紧叠加在一起,在它周边或稍远的十个或十二个山头里,只有这个山顶有人居住:任何其他山巅都没有这样奇特的外形,这种在乱石堆里喷薄而出的形状使它更像一个不动的观察哨兵在站岗。

路上,我们沿着刚刚割过的草地上山,那小路实际上是湿漉漉的荆棘杂草中很多石块堆砌起来的,那些岩石——当我们近看时呈白色——但沿着它新鲜的断裂面看则是青灰色。这条上山之路越接近山顶就越陡峭。而对面,在突出的斜坡上,我们看得见部队的兵营。在两者之间,斜坡的拱角下,靠近路边,一块草地徐缓延伸:克拉玛沙场,在这儿曾经烧死过两百名驻军部队的幸存者。没有其他的东西了。以前倾盆大雨曾经将这个封闭沙场周边全部淹没。在这个连绵起伏的山脉中,沿着小路的交叉点之间,有一种幽灵般的东西,一个面对永恒的东西:方向左与右的概念在这儿变成了判断的左与右。

门,很粗糙,既没有闸门也没有伸出的前端:只是在通往悬崖的小路尽头的墙上有一个简单的洞口,它很奇怪地开在离地面一米五的高度,必须借助于拐角才能攀越。没有壕沟。

围墙很小:一排青灰色的石头,六到八米高,削得很整齐,外加一些粗糙的附属装置。到处都是内楼梯可以通到里面,当然都是粗糙、简易、却很厚实的扶手,整体上是一个不规则的六边形。我们只想环绕山峰而并不想上到顶端,——在南面,几堆密集的石块堆积到了城墙的中部。这是一个堡垒要塞——一个露天的避难所,(然而一个小建筑,方形的,我们还看得见它的地基,大概是靠着北边的墙),直通堡垒的中心,以逃避死亡,不包含其他任何简单的方法,面对如此原始而又简单的布局,我们想起迈锡尼文化的围墙,想起最早的中世纪石头城堡,因此这儿从来没有顺势妥协的问题。

北边,另外一扇门对着近乎垂直的陡坡,开向远方的湛蓝壮丽的天空。

我一个人走在蒙蒙细雨的阴天里。下山时,看见一个穿着红色外套的小女孩。在湿漉漉的小道上,充满了荆棘和碎石,她竟赤脚上山。让我觉得很特别。

我们取道奎蓝离开拉沃拉内的时候,有三、四次透过山缺口露出一片葱绿、连绵的群山,我们可以看到南方阴沉的峭峰,它们的外形令人难忘,灼热的峰石时隐时出,好像一盏神秘的黑光灯塔,向人招手致意。

* * *

1939年的战争让我想起在坎佩尔的步兵团里,一种人类的黑暗的囚禁,一个黑色的底层生活,我那时对这些还毫无概念。为了看清那些民众之外的民众,这民众的概念已经发生了很大的变化,不再是我们在大街上或火车站擦肩而过的。在战争的最初一个月,我被分在了部队的兵站里:由于几乎没有什么事干,我被叫到了退役军人处,负责重新审核豁免入伍的人:我代表着"部队的军官"。在很长一段时间里,一个奇怪的"圣迹区"①赤裸裸地呈现在我们眼前,有一天我们甚至看到一个麻风病人,医生向我们解释说,这个人群还在缓慢地扩大,在蓬蒂维郊外有两三个偏远的比较龌龊的地方。后来,我回到了兵团,那时正是冬天,兵团在洛林和法兰德斯之间随处扎营,我负责指挥一个机动小分队:里面几乎全是农村里打短工的人,还有几个莫尔比昂和菲尼斯泰尔农庄的学徒。晚上行军时,我走在纵队的一边,当他们不用布列塔尼语交谈时,我侧耳倾听从看不见的队列中传出来的对话,他们的对话带有很重的喉音并且很难懂:讲到了他

---

① 该区乞丐集中,装成各种残疾外出乞讨,回区后即恢复正常,仿佛突然因圣迹而治愈一般,因此得名。

们是如何弄到红酒的,他们粪便的粘稠度,他们最近一次或下一次的自慰,我大概被吸引住了,隐约感到凝聚了文明的外壳的旧石器时代的凝灰岩正在脱落和挪动。他们每一次停歇都要喝上几口,甚至是在行军时——喝酒和撒尿——到了早上,我们看见几个士兵喝了捡来的红酒,脸通红臃肿,胡子邋遢的狼狈样。

* * *

我很喜欢托克维尔在他作品中对拿破仑三世画像的勾勒:

> 他城府很深,就像一辈子生活在阴谋中一样,非常奇特地借助自己表情的木然和目光的呆滞:他的目光很黯淡和晦涩,就像这些用于船舱采光的厚玻璃,可以让光线进来,然而透过窗子,我们什么也看不见。

也许并不是因为这个比喻很清晰,也许仅仅是因为——句子本身优美的旋律,它所展示的画面像一把扇子,在它手腕用力收回之前——美国民主的历史学者几秒钟就找到了邦雅曼·贡斯当的手法技巧。

* * *

我重又怀着无比崇敬和喜悦的心情读了《论法兰西阶级斗争》和《路易·波拿巴的雾月十八》。没有什么能够达到那种高度的语气、那种简洁的勾勒——如庖丁解牛般来去自如,纵横驰骋——达到极乐狂喜境界的马克思新闻笔法。列宁在他的汪洋恣肆、气势如洪的小册子则笔调沉闷,说教意味浓厚。托洛斯基的文章则保留了直接取自大屠杀游戏或是受到其启发的一些极乐颠狂。自他们以后,这种革命式的狂欢仅仅只在那些大人物身上才有——一种恩泽,一种世界末日来临前的癫狂(列宁当时十分喜悦。)或许和一个尼采主义者的想法和情趣不谋而和,也甚至可能会激起更加邪恶的对手身上的癫狂。待到斯大林出山,即使时间已经很久了,一副忧郁的斗篷从此永远盖在了那个刁蛮任性的火花之上,那个在第七天之前,我想象中闪烁在上帝身上的光芒。又好像是在但丁笔下第八个轮回中,为了专门惩罚伪君子和骗子们的铅制外套。

* * *

迄今为止,只有一类人还不时会拥护如下观点:一双靴子抵得过莎士比亚(别林斯基)。我是说作家。独独作家。不仅如此,那些最伟大的作家中的一个,还松开手中的笔,然后不拘形式地把它制作出来:托尔斯泰。耐心点!萨特也许会如此的:我们伟大的俄罗斯作家。

* * *

在青年之家,郊外偏远的一个小区,一帮年轻的剧团演员请我来听听拉辛的作品。那些情爱的场面就在作者无法预料的嘈杂的音乐背景中进行。演员们行其所能——但也有例外,或者说一个惊喜,有一个演员可以说是很优秀的。当他意想不到地出现在舞台上时,他的才华仍含苞待放,没有比这更让人欣慰的了。然而,对于艺术家和业余爱好者来说,并非同样的欣慰感。在舞台的左右侧之间,我们穿过充满魔力的舞台,上面开放着被催长的花朵——两年后我们再回到这个舞台:在这充满掌声的肥沃土地之上,昔日的花蕾已经开放,已成为蹩脚的演员。

戏剧的温室效应;一切走得太快,走得太远:神圣的天才、过激的掌声和极端的嘘声,两个小时就可以将其埋葬。所有控制和判断的机制都已松懈,这里是会带来不幸的激情王国。戏剧中最有用、最忙碌的人物应该是我们看到的最闲散的人:剧场里执勤的消防员,如果他能用他的冷水喷头在合适的时候干预一下。

观众也是混杂的:有长头发的年轻人,蓄着甲壳虫似的长尾巴,也有退休的小学教师,他们的额头上仿佛点缀了一道看不见的知识的光环,还有刚刚从附近游泳池出来的刚擦干身子的游泳者,手里还拧着手提箱和浴巾;大家都使劲地鼓掌,也没有显出特别无聊的样子。诗句不和韵律,不太押韵的六音节诗随风飘走,就像吸尘器的通气孔,但无关紧要,诗句仍旧进行着,有时太长的停顿让我不知所措,是该欣赏天才的完美无缺,还是该赞赏压倒一切的良好意志。不时地,在后台,大段戏剧独白会被抽水马桶的声音打断,而其后果很明显,两次中必有一次,掌声消失了。

* * *

当今的城市建筑和城市规划冥思苦想的是要在现代的房屋里设计一个阁楼而不留下任何痕迹,这个阁楼是财富的存放处,也是天真烂漫的想象的芝麻开门,对于地窖也一样,他们要根除窖里所有的残存物,地下的惊骇和财富。五十年以后,诗歌同样要背负其创伤,但从现在到那时,它要找到替代的法宝。所有这些让人想到动态的符号(道路、汽车)将会代替封闭的、被保护的场所,而其中城堡以其各种各样的形式成为自中世纪以来坚不可催的象征。

* * *

塞南古的《奥倍曼》、圣伯夫的《情欲》,这样一些作品给我们提供了也许是诗歌中很独特的一个概念的方法研究,那就是配量的"同感诗歌",如果一部巨著中只有少量的纯诗歌的部分,那这部分就会在作品的结构中被均匀地稀释,而在每一页都能很明显地感受到——尽管是越来越弱——但也明显起着一定作用。

也许只有在最佳状态下,诗歌的组织结构才能获得最大效能,兰波的诗便是如此,其结构如同一个大圆盘机器,分成了许多小隔间,圆心便是电力中心。除了有一定的机遇以外,还需要不断的努力才能走向收益。没有热量的光芒、没有生命的光芒只能发散它微弱的光波,使得它周围鲜艳的色彩、浓郁的香味、强烈的声音变得更加温和、柔软和麻木,达到产生静谧的意境。

这是一段诗歌的禁食期,也是其恢复时期,那怕是一点微弱的感光都能使它重新焕发活力,正如书籍所要求的,它们在经历了一场伤寒的斋戒之后,就能尝到柑桔花上初乳的美妙滋味,哪怕只是短暂瞬间。

* * *

书,有好书,也有坏书。但是作家,由于他同时也是一位读者,引入了一个稍稍有点棘手的范畴概念:那些书,他也自称和大家一样欣赏它们,总之是出于诚心,他永远也不会后悔创作了这些作品。但还有一些书——也许相对来说要少得多——是他不欣赏的,而之所以创作它们是因为能够给他带来荣誉。这些不可明言的范畴,几乎出于本能,是文人的特性,也合其品味,有点类似于"情欲源自爱"的意味,但这些范畴的存在并不是为了简化文人学者和文学之间维系的隐蔽的,有时甚至有点卑劣的关系。

* * *

作家本身就孕育着一本书,这显而易见,就如同苹果树每年都会结出苹果一样,这一观点,我想,可以追溯到一个多世纪以前:追溯到令人惊叹的雨果—大仲马—巴尔扎克之脉,他们是文人的百万富翁,在大众看来,他们将融入文人这个圈子的最低门槛已经无限提高了,按照这个标准,波德莱尔只能算是无能者,福楼拜近似无出,兰波是玩世不恭者,奈瓦尔是尚属幼稚,马拉美是怪癖者,洛特雷阿蒙则是精神错乱者;在文学批评里,一个世纪来几乎所有的判断错误,所有的昭雪平反都是针对那些写得很少的作家:社会边缘,一开始在几乎所有人眼里都会这么认为,他们也因此躲避了关注和目光——他们不是很严肃。直到今天仍然一样,对于某个人来说,如果他只写一本书——即使这本书很优秀——而不被怀疑染上某种不光彩的疾病,这几乎是不可能的事。

* * *

《矮子拿破仑》和《罪恶史》①。我曾担心会因为作者毫无节制地使用大道理和单调的漫骂而感到灰心——但总的

---

① 这两本书都是雨果用来抨击拿破仑三世和他于1851年12月2日发动的国家政变的。

说来，雨果很清晰地表达了他的思想，委婉迂回是一点也不合时宜。这的确不是一场政变，而是一个卑鄙的举动——是一帮匪徒在首府进行的抢劫活动。而主人公卡布兰斯基①的举动相对普通法规这一方面的要求通过各类细节得到鲜明的体现。

托洛茨基，在谈到关于尼古拉二世的倒台时，讲到历史的"内在正义"时带着一种无情的嘲讽——但不管在巴丹盖②之前还是之后，这种正义从来没有被看作是一种杀人的幽默，哪怕是部分的。赌博、债务、贿赂、嫖妓、私生，这是王权揭开面纱的真实体现。任何东西都无法洗净胎盘的血脓，而欧洲在很长时间里都迷失方向——我们总觉得，一个世纪过后回想起来，俾斯麦曾用色当颠簸的旧马车去领取他的帝国邮包，似乎在向我们澄清某些事情。

我们不禁要问，雨果在创作《惩罚集》时，难道从来都没有料到现实会超越假想：只不过是一个卑贱的小人，人们把他从破旧的马车中拉下来，并召唤德国宪兵。

12月2日后的27年，第三共和国——也是最好的共和体制——终于可以接见坐在自己的席位上、佩戴白鼬皮饰带的行政官员们了，他们的任务是快速地"剔除"政府内的反对派，小心地解除他们的荣誉勋位，并直接对其免职。当然还是有几位留任的。甚至有一位，我也说不上具体是何许人，在这段历史中，还是很讨大家喜欢的，尤其在某些无聊的行政实施方面，或委婉地拒绝某些规则的制定。

---

① 卡尔·马克思在《路易·波拿巴的雾月十八》中给拿破仑三世取的绰号。
② 路易·波拿巴 1846 年化装从阿姆古堡逃跑，穿的是泥瓦匠巴丹盖的衣服，后来他的政敌取绰号称他巴丹盖。

* * *

回应《当代小说调查》(1962)①

　　小说是否具有存在的意义；小说家有权汲取哪些题材，又该拒绝什么样的观点，哪些语义作者可以使用，形容词有什么规范，时态是用现在时、复合过去时亦或是未完成过去时，还有"我"、"他"还是"人们"，还有语言该使用街头俚语，或该立足于规范用语，所以这些问题我都不想追究。文学技巧的使用都无一例外地能自圆其说，除非它意欲张扬其与众不同。就我而言，一直默默追寻的是一种无羁绊的自由（有时是充实的自由，这并非禁忌：在艺术领域，不存在什么规律，有的只是范例）。然而，二十五年来——从萨特最初的评论随笔算起，人们恰恰是在这样的一些禁忌之上进行抗争的。在异端裁判手册及禁书录的文献里，展现了诸多批判的雏形。让我倍感不安的是，当宗教学得以建立的同时，我却感觉到人们的信仰正在消亡。

　　关于这个话题，我待会还会谈到。先说说造成这些禁令和批判的信仰问题吧：这是一种信念，在对文学进行这样或那样的"获取"之后，这条或那条道路被彻底封闭了——在这个或那个天才的表现之后，时代获得了自我意识并发现了自身的诟病，人们也将无法再专注于某一特定的目标。我们知道，在政治上，有一些人的矛头指向整个世界的历史，认为某

---

① 该调查是由皮埃尔·菲松负责并刊登于《费加罗文学报》专栏里，格拉克的回应刊登在 1962 年 10 月 20 日第 861 期上，题为"小说如果不是幻想，就是谎言"。1964 年 9 月 12 日，克拉克将该文录入文集 6（见备注 p. 1332），并加以评论，"恰恰相反，对该文，我没有什么要修改的。"

些部分处于未来状态。这些人总是说。"历史肯定是朝这个方向走的,你们既不要被历史抛弃,也不要阻碍其发展。"这是出了名的唬人伎俩。没错!当今文学作品的很大一个部分,同样包括那些小说理论家,也都遭到了这种奇怪言论的感染:将自己化身为未来文学的史学家。"时至今日,从所经历的事情和写过的内容来看,当代小说家无疑将要遵循这样的道路……他们只能这么做……"咳,不!对文学的刻意改造已经超出了哲人的设想。小说不再会有禁区,有的只会是还未被最终涉足的领地,当我们给文学树立规则时,至少得表现得谦逊和审慎,让作品先说话。

前面谈到,宗教学得以建立的同时,人们的信仰却正在消亡。在一部小说里,我不太喜欢小说的基本体系把小说本身凿得体无完肤,就如同语法学家作出的语法范例似的。当有关小说的一切都说尽,包括小说的权利和小说的义务,我们还是要读小说,从某种程度而言,就是相信小说所叙述的,小说家只有以身说法才能得到这样的信任。这样的冲动无可替代,我承认,——它需要有灵魂的质朴,甚至是对清醒心智的拒绝。带着这一冲动,小说家才能在他存有征服使命的领地上自由驰骋。只要稍作思考,我们不难发现这一冲动带有疯狂的意味——(不过,我们稍作思考,恋爱也是疯狂的)——这就是创作的冲动。众多新小说家将福楼拜视为他们的圣主,这意味着,他完全有资格被称颂为另类小说家,但在伟大的小说家里,他是第一个使这种冲动开始遭到破坏的。在这一点上,我常常觉得今天我们对他实在够宽容的了。我承认,"他人的怠惰与疲倦与我并无妨碍。"① 我也一

---

① 布勒东,《超现实主义宣言》,全著,七得书系,第一卷,p. 314。

样。我既然提到了《超现实主义宣言》,——最近有幸人们想起要再办它,我想说,文中提到小说的几句话,在我看来不仅适用于当前,也将适用于任何时代:"当人们都终止了感知,我盼望着他们能闭上嘴……我只想说我不会去提及那些生命中无意义的片段,任何人都不值得用文字去凝聚再现类似的时刻。对于这间房间的描述,请允许我将它与其它的许多描写一同跳过吧①……"

如果小说不是幻想之物,并且,完全建立于现实之上,小说便成了谎言。不论我们怎么去做,似乎都只是掩藏,试图给自己镶上真实的外壳只会令人觉得它更像是谎言。之后,人们会尝试着"揭开秘密",对此,我无话可说。我同样不会去反对这种无济于事的行为。一种形式接替另一种形式:随便——再好不过了!只不过,要是想让小说家觉悟,从而使小说变得世故,就不得不考虑还剩下些什么。在读完现今的众多小说后,对我而言,剩下的只有冰冷与忧郁,其技巧越来越丧失神秘的意味,最终剩下的,就只有塞琳娜的一句话:"人们心里不再有足够的音乐使生活舞动起来……②"

我们经常能在街上遇见一些年轻人,一边兜售着报纸,还一边对你说:"先生,你一定对青春时代感兴趣吧!"我呢,对青春时代不是很有兴趣,我告诉他们,摆在我面前的还有其他一些事情。这个回答有时令他们不快,不过,青春时代相对与其他人生阶段,有着某种不可替代性,这一定使我饶

---

① 布勒东,《超现实主义宣言》,全著,七得书系,第一卷,p. 315。
② "同样也是因为年龄,这个背信弃义的家伙,用最糟糕地方式来威胁着我们。我们不再拥有足以让生命起舞的音乐,一切就是这样。"(塞琳娜,《茫茫黑夜漫游》,小说,七得书系,第一卷,p. 200)本段于《边读边写》中引用并加以注释。

有兴致。简单说吧,我觉得小说就缺乏这一特点,尤其对于那些年轻的作家。不过我并非完全悲观:小说会以这样或那样的方式(小说像是海神普洛透斯)重获新生。"理论黯然无光……"我想歌德就这个话题已经说过些什么了。

* * *

《伪币制造者》。任何一部伟大的小说都有其内在的聚核力,但在这本小说里是格外地弱小,因此,离心力就变得尤为强大,以至于读者停留在某句话或是某个引人注意的观点上时,不会马上失去作品人物的影响力,而只将这些经典话语归入安德烈·纪德《嘉言录》中。所有重要的、有份量的内容对于书就如同苹果之于苹果树,任人摇晃:摇得仅剩下柔弱的枝叶,但透过它们,枝干的布局依旧清晰可见——对于书,这一点一样清晰。

我把这种位于中心的引力称之为聚核力,它精妙地藏于那些伟大的作品之中,不仅可以让所有小说人物都紧密地吸附、嵌饰于作品之上,就像我们被紧紧黏在地球上一样——它还可以在其轨道内吸引众多彷徨的小天体,即便它们相距甚远。所以,有一天,我发现司汤达笔下的意大利完全能够吸引人们,可以再重新上演一场像《托斯卡》那样的歌剧。瓦格纳的作品呈现在我们面前的则是汇聚于土星周围的实实在在的卫星环。还有卡夫卡、陀思妥耶夫斯基也是如此。而对于规模小得多的作品,比如说《大个子莫兰》,虽然存在诸多不足,但却能让人感到一个较强的引力场环绕于作品四周。

一种强大的情感力量,不需要任何智慧就足以独自创造这种地心引力。很明显,在纪德的作品里看不到这种力量的踪影。

巧妙处理的情节——没有一处混浊不清——却使得想象无法停留,就像一座"日光城"小区或是一幢"功能性"住宅楼。

我所知晓的优秀作品中,我们甚至可以肯定的说,还没有一部作品在翻到最后一页时,会让人觉得它除了包含了纪德所阐明的内容之外别无它物。与此截然不同的是,在狄根斯笔下,似乎连跳蚤市场上的旧货都个个被拴系于绳头——我们可以去随心所欲地摇晃它,而不会散落。

* * *

克莱蒙梭:在他锋利得如剃须刀片的性格里,尤为让人印象深刻的是那直白的,无缘由而又蛮横无礼的侵略性——实属与生俱来。曾发生过这么一件轶事将这种性格展露无余,我总觉得它极具代表性:在雅尔河畔圣文森,他曾是一位年迈的旺代省伯爵夫人的房客,伯爵夫人每年光顾一次,收取房租,并且很贴心地给他一些有关节省生活开支的金玉良言。"您为什么不去养些鸡,养头牛,克莱蒙梭先生?我敢肯定有些年头您都没喝到新鲜的奶了。""老虎"①隐约间感到被这番居家说教给戏弄了,便将目光赤裸裸地挪到寡妇那早已干瘪的胸前:

——"那您呢?"

1922年,我就读于南特寄宿中学,学校要以"克莱蒙梭"重新命名,在更名仪式上,我有幸见到了他。我们先排成方阵,有些惊恐地围绕在"荣誉殿堂"四周。他来了,穿着颜色较暗的衣服,带着灰色的手套,就像披了一身黑色的羽毛,伫

---

① 一战结束后,法国虽为战胜国却深受战争的伤害,克莱蒙梭代表法国谈判时曾提出了一些严苛的条件,也因此得到了"老虎"的绰号。

立于由制服和白鼬长裙围成的鸟笼里。感觉他像是被一群仆人簇拥在中央。他的演讲直截了当,没耍什么官腔,他还自比"被农民们拴在谷仓门上的老猫头鹰。"接着,他劝诫我们挽起袖口,用双手来改变命运。在65号军乐正在向学生心中注入英雄主义气概时,他随性地走开了。当省长、校长以及军官们在台上大放厥词时,他却用手指敲打着自己的膝盖,我觉得这一不光彩的瑕疵、这一极其无礼的做法会让他那广为认可的良好声誉,仅仅一分钟,便在一个十二岁的孩心中销声匿迹,就像是气球被大头针尖捅破一样迅速。晚上有盛大的晚宴,我想应该是在省政府,但有人的一句发言让他恼火,他扔下餐巾就回酒店睡觉了。

* * *

玛格丽特·亚莫娃:雷诺曼①曾写了一本关于她的短篇作品,在阅读这本书时,我又重新看到了蒙巴纳斯剧院里的那些走廊和暗室,在排练《渔夫国王》的这段时间,可以见她徜徉于剧院,直至凌晨两点,嘴里叼着香烟,头上是茂密卷翘的头发,高耸的双肩,宽大的红色浴袍被细腰带紧紧系于腰间。高挑的身材,宽阔的肩膀,苗条的身段,在红毛绒地毯上与探照灯下幽灵般地来回巡游,默无声响,会让人想起某个神圣高贵的娼妓团伙,或者某个加尔默罗修女把剧场当成自己的隐修室②,亦或是午夜时分下楼洗手的麦克白夫人。她

---

① H.-R. 雷诺曼,《玛格丽特·亚莫娃》,卡尔芒-勒维,1950。
② 这是萨尔瓦蒂谈到夏多布里昂退休计划时说到的:"夏多布里昂想要一间隐修室,但得是建在剧院里的"(该说词被圣伯夫于《我的毒药》中引述,p.34),但该表述在此有不同的功用,对精神的描述转化为了图像的显影,将人格特征形象化。

悄无声息,光着脚,实实在在地出入于她的戏剧,就好像剧院脚灯全都熄灭,埃斯库罗斯或是莎士比亚剧中的女王,在余下的黑夜以及整个白天里,如魂魄或幽灵般在蒙巴纳斯剧院继续轻轻地飘动。大部分时间,她都抽着烟,躺在包厢的沙发上,我们有时也可以看到她神秘的,同样安静的女秘书依斯科维斯克小姐晃动的身影——她出来只是为了她那奇怪的巡视,红色缀于红色,对于她,剧院走廊已经成了魔鬼修道院的散步走廊,在整条路上,她看不到任何人。我想,所有的剧场工作人员,仅除了置景师之外,全都是女性,却都同样少言寡语:不论是否发生过什么特别的事情,整个氛围都显得恬静、封闭,像是宫廷、后宫,又像是缝纫厂,在读了《O 的故事》的前几章后,我的脑海里会情不自禁地浮现出那红色的走廊。有时,她会推开剧场后排的门参与到排练中,提出她那富有智慧、舞台直觉和专业技巧的意见,我们能听到她那高亢而又朦胧的声音,在众多散漫的声音中央,它似乎可以垂直升起,宛如投影仪射出的光束。她嘴里冒出的是戏剧行话,就像妓女坦然而无耻地讲述自己的职业,就像是在大街上学来的,而在《渔夫国王》的剧中,我们是她邀请来的可以无拘无束的客人,但女主人只会扣着她的浴袍,抽着烟和你闲聊片刻,便向床和浴室走去。她那与生俱来的活力是如此充沛,以致在工作时,当她走进可以俯望蒙巴纳斯墓地的二楼排练厅后,便占据了大家的全部视野。戏剧世界里的世俗等级划分要远比在其他领域更为细微,但等级性在戏剧里却不真正存在:她会真诚而略带粗暴地斥责马塞尔·艾朗的表演,而对卡萨雷斯,她却会像花店老板呵护还是花骨朵的玫瑰一样轻柔。

还没有任何一个女戏剧艺人能像她一样,在与艺术的关系中能让我感受到一种猥亵而又媚人的混乱：事实上，她和戏剧之间并非巧匠与利器的关系，而更像是一个妓女和她的床。她在排练间隙会产生一种惊恐的空虚，乏味的危机感，和动物般、波德莱尔式的贵族气质。

且不谈那些高雅的或是有文学修养的女演员，由于有很多女演员是靠出卖自己的身体而站稳脚跟的，也有一些女演员"献身"戏剧，对于这些人来说，既没有夏季的圣·特洛佩，也不会有杂志里的情人，没有了电影，没有了巴黎的闲聊，也没有了高级时装师，有的只是一种与职业宿命的关联，这种关联甚至带有污辱性——环境、行话、疲劳、快乐、对职业卑微的抱怨：她走出了这一步：她要引人注目，甚至被人记住，而接受了演出的语言、动作以及服装的特殊性。《玛雅》①剧中的角色是大家选出的——这并不是源于她与出卖爱情者有任何相近之处，完全是因为她傲漫地声称自己向往着演绎这样一个没有社会地位的、"无法触及到的"职业：她尽心竭力地投入戏中，逼真地展现了一个妓女面对警察的无可救药和悲惨的命运。而这个角色，因为它的特殊，不但被完美地演绎，还令她在肉体上亢奋。这种关系并不像圣女贞德之于露蜜拉·比托叶夫②，但如我所见，在战争中黄色的星光会突然指明航向与荣誉，我不清楚是什么光使得犹太女人癫狂。

---

① 西蒙·康迪庸，《玛雅》，在两次世界大战间成功的剧目，玛格丽特·亚莫娃1924年5月出演其中角色妓女贝拉，获得巨大成功。

② 露蜜拉·比托叶夫(1896—1951)出演由她丈夫乔治·比托叶夫导演的艺术剧，他是两次世界大战间戏剧界的重要人物。1925年4月28日，她出演吉拉尔-贝尔纳·肖《圣女贞德》一书中贞德，这也是她所扮演的重要角色之一，并经常出演该角色。1925年，乔治·比托叶夫写道"我得承认，如果没有露蜜拉，我永远都不会将《圣女贞德》搬上舞台。我所有展现'圣女贞德'这一角色的灵感都来自于她"(《我们的戏剧》，资料由让·德里高收集，波拿巴出版社，1949，p. 12)。

* * *

雨天。花上整个下午和整个晚上来重读《从巴黎到耶路撒冷》一书,在书中夏多布里昂似乎被自己的文学天赋所抛弃。他意欲客观、睿智,但却有些冷淡;他令人厌烦。将这些精心保存起来的旅行笔记同《墓畔回忆录》加以比较,我们要说,他很晚才明白自己身上拥有些什么。

当我们读着这本一个半世纪之前的书时,令人尤为吃惊的是,五百年来在这片人类最富有灵感启示的土地上,在奥托曼帝国的军刀下的黯淡的沮丧和狂肆的野蛮——有史以来,奥斯曼帝国是一种最纯粹不过的忧伤的势力。我们感到,在我们这个文明已经形成的世界里,只真正经历过两次绝对的、无可比拟的灾难:洪水和土耳其征战。

* * *

缺乏奇特的柔韧性,这是福楼拜散文中最明显的缺失(对于感觉麻木的人,有时这也是一种吸引)。在作者充满棱角的记述段落里,依然能找到间隙:缺少了粘性水泥,空隙变得难以填补。因此在阅读福楼拜的每一页文字时,都会被小小的裂痕突然打断,就像火车行驶中从一条轨道滑入另一条轨道。车身越是质量大、越是匀速行驶,这种颤动就越易察觉:在所有散文家之中,最不关心笔调变换的就属福楼拜了:他笔下的文章一旦锁定路线,便再也不离开了。

或许我最为在意的是文路的顺畅,没有裂痕绊脚。当我开始写作时,我希望带着读者乘坐的是轮船而不是火车,这种感觉曾令我着迷,所以从第一本书开始,我就始终如一地坚持着,"而几乎不考虑其他特性了。"

* * *

散文雏态。——作为消遣,我读了一期《赫尔内》①杂志中研究诗人雷勒·居伊·卡杜的文章,丹麦式笨拙的恭维,克雷蒙森先生——他的法语水平还没到小学毕业程度——用蹩脚的法语写了一片文章,后来,在这篇夹杂着各种混合语的文章中,有那么两行可以说是奇迹般的语句令我极为惊讶,(路过巴黎时,克雷蒙森先生夜里在酒店窗前俯视,窗外是延伸到国家剧院的狭长街道):

"在街深处的深壑中,一群穿浅蓝色工作服的工人们说着话,此时,法语就像苏打水里的气泡一样升起。"

* * *

诗人或作家较为普遍地倾向于依靠感性创作,而他们的"天性"首先基于情感关系紧密相联的一个交叉系统的存在。每一个创作瞬间,神经冲动都会被自动导向目标点:而唤起它所需的活力之源并非那么重要;一场丧礼上的情感可以激活一段田园情爱,重要的是这个交叉系统的柔软性、灵活性能将所有游离的电压通通导向需求。"丰富的,有声的,带电的结构系统。"这是圣伯夫对贝里耶的评价,恰如其分。

所有的气流,所有的光线,不论吉利还是不祥,
都能让我水晶般的灵魂闪亮、颤动。

是的……当然是这样……但在歌唱的灵魂处,颤动却极

---

① 是一种文学期刊的名字,定期出版作家作品研究。

为罕见。

* * *

我一直在问自己,这个梦中所表现出来的的幽默究竟从何而来:梦里我收到了一封奇异的明信片,醒来时清晰地记得那个谜一般的传说:历史上的重大时刻。格拿撒勒湖畔,耶稣在海拔187米的高处布道。

* * *

我翻阅着《在斯旺家那边》,只为找到万德依小姐乡下房子的名字,我想不起来"蒙特珠凡"这几个字,我的目光停留在写吉尔伯特在香榭丽舍大街的那几行:写的是阳台扶栏上的积雪,太阳的出现给这里带来的是"金色的线条与黑色的倒影。①"这段描述太完美了,没有什么好说的:这就好比支付关于创作的一笔细账,上帝得到了一枚钱币的报酬,这枚钱币的声音和金币在兑换商人的柜台上跳跃的叮当声一模一样。

* * *

实在没有什么能比那些曾经的革命者,后来成为治国蠢蛋们脚下的无耻铁靴更沉的了:在秩序恢复的岁月,它总能让人想起,在那个时代,对特定的人而言,一切都濒于崩溃:斯大林、富歇。于是,给人更多的印象不是权力无边的专制主义,而是后革命派专权下的无限的"不抵抗"。那些被统治

---

① "在覆盖阳台的雪衣上,太阳出现,编出金色的线条,绣出黑色的倒影。"(布鲁斯特,《斯旺家那边》,《追忆似水年华》,七得书系,第一卷,p. 390)又一次,记忆在此聚焦于本质。

者(革命志士都早早老去,同寻欢作乐者一样)在痉挛过后,只剩下软弱的灵魂得以生存,这些灵魂的精神本能反应就如同做爱之后面对欲望的躯体。对于统治者而言,在度过极度艰难的时期之后,只剩下"一切皆可"的经验本身。无论是拿破仑时期,还是斯大林时期,都给人奇怪的印象,人们不再支配主体:却想操纵幽灵。在某个险恶的时期内,个人欲望同无限制的侵犯的可能性相伴相生。

* * *

"你心里没有神。"(米拉博对巴纳夫说①)这样的准则奇特地消除了文学的隔阂("天才"这一概念用得太泛,以致都走了样。但以此为律,虚假的成分就要少得多了)。让我们来数数那些高耸入云的脑袋吧。自兰波之后,整个法国诗歌都失去了主心骨(即便是阿波利奈尔也如此,唉!),巴尔扎克如膨胀的热气球飘在空中,而留下司汤达在人行道,福楼拜在沼泽地。雨果特立独行地重拾野兽的长毛;他至少有外在征象:能用牙齿咬碎桃核。在这个小小天平之上,连普鲁斯特都显得太轻微;在当代作家中,当纪德和瓦雷里一声不吭地被掀翻在地时,我们来看看那些不算经得起考验(无论如何这究竟有些过早了),至少不会让人马上感到可笑者:克洛岱尔、布勒东……撇开17世纪,那个时期神的多样性并没有得到认可。18世纪更是转瞬即逝(也许卢梭除外),只有一个人突然出现,并保持了距离的:这个人就是"神圣的"侯爵。

这个小游戏还引起了另一个游戏,它和"文学价值"的关系甚远。但另一神秘且至关重要的范畴(在另外一个领域,

---

① 米拉博好像曾在议会大厦的走廊上对巴纳夫说过此话。

不管好坏,一个艺术家,如瓦格纳,他"只能"从属于这个范畴)浮现出来,当人们胆敢——为什么不敢呢?——验证文学上的这些火舌时,如中世纪的维吉尔、意大利的但丁、还有德国浪漫主义时期的诺瓦利斯。

* * *

法兰西学院毫无用处。它制作的词典没有权威性,它编撰的语法从未做好。而另一方面,它倒不妨碍任何人。何必去责备这种昂贵而又古老的东西呢?这大概是我们所保留下来的最民俗、最英国式的一件奇品了。那些带着剑,敲着鼓的大大小小的文人院士,我们没有任何理由去"反对"他们,当然了,只需要敬而远之。我们可以欣赏白金汉宫的换岗仪式,但不会想要加入到那些骑士的行列中去。

* * *

围绕党派的所有关键词都是对我们语言进行的顽固而无趣的蹂躏。它们的形成或者是通过词组中反常的自相矛盾(和平的阵营——唯一党),或者是通过冗长的同义叠用(人民的民主)。

在前一种情况中,我们能当场辨出那些招兵买马者的不规范语言的结构机理:将他手中的所有王牌粗鲁地揉捏在一起。请你们"热爱和平"吧,因为任何的公投结果都将是对它99%的支持率——但与此同时,由于激进派会得到90%的支持率而对抗"消极"派,所以请来斗争吧,请富有"激情"吧,"请加入我们的阵营……"

同样的原理,在抗皱纹的广告可以得到证实,达到的表述效果也完全相同:请捍卫你的微笑。

* * *

在真正的"自然之力"中，令人印象深刻的是它模糊、细小和微不足道的表现特点，比如一些细小而奇怪的现象：麦秆上磁针的摇摆不定，摩擦过的琥珀能吸引纸屑。再如喀斯岩地区的阿尔芒水洞的出口竟然是一个老鼠洞，这些奇特的细小现象蔓延到我们这个有形世界，让人们相信正统的物理学世界也应该给这些玩笑和愚弄保留一个角落。

这么一想，弗洛伊德独一无二的"速度"令人折服。在短短的一生，他既能察觉到老鼠的洞穴，也能让岩穴发出响亮的回声。

* * *

上午，我们一行四人[1]，手里拎着篓筐，去雷阿多莱市场买些鱿鱼，在扎特尔公共泳池游泳——晚上，从市中心乘上狭长的威尼斯小舟，从大运河回到我们住的多尔所都罗小区里，途中，从小矮房窗内传出的人们熟睡的呼吸声扑面而来：在威尼斯，分隔私人生活的墙不像在法国南部是门，而仅只是珍珠帘，人们来去路经的也不是大街，而是家里的走廊，从早到晚，对我们而言，更多像是高尔多尼，而不是巴莱斯；这座死去的城市的魅力对我而言，首先是它依然以最为独特的方式活着，听听那些融入平时，但引人入胜并带有荷兰风格的生活中的细小声响：踏在石板上的脚步声、灌水桶声、关百叶窗声、墙幕后的交谈声，在寂静的背景中形成共鸣，有如上

---

[1] 1959年夏，格拉克与罗拉·米特拉尼曾在威尼斯的伯娜与安德烈-皮埃尔·芒迪亚尔各的家里做客一周。

演的戏剧。从来没有见过如此清爽而金黄、古老而年轻的太阳,在九月的扎特尔上空,每天我们出门都会经过那里,在我眼里,这就是世界上最令人赞叹的码头了。所以,一定得在这纯朴而奇妙的城市住住:晚上,返回的不是宾馆,而是自己的家,这是多么令人着迷啊!

* * *

从拉科到圣-庞斯市的公路上,我停留了片刻,为了一睹平生从未见过的奇特树种。它是针叶树的一类,有着纺锤状的稠密的树枝,让人联想到柏树。种植的树木间几乎没有多少间隙:勉强一米到一米五的样子,猜想它们一定为了抢夺空气和阳光而争先恐后,以致长成了结实的连体树群,都是一模一样的垂直而僵硬的桅杆,高度一定达到了二十多米。在灌木丛的间隙里,黑暗的范围慢慢扩大,较矮的树枝都逐渐死去,但并没有脱落,而是把下方直至地面的位置留给了树干间死去的细枝堆砌成的密密的栅栏——除了高高在上的绿色顶端仍然孤独地存活于阳光之下,整个树群呈现在眼前的是灰色、阴郁的森林枯死的景象。当我们钻入灌木丛里,离边缘不到三米的位置,是彻底的如夜的漆黑——带着恶臭、没有生气的黑夜,弥漫在空气中的主要是死人墓穴般的气味,还带有蘑菇以及腐烂木头的气味,黑夜仿佛将我们带回到很久以前,以我们的名义同遥远的灵魂交谈,那灵魂的宿主既是爱伦坡笔下的有"吸血女鬼[1]出入的泰坦"柏树,

---

[1] 引言是对第一段某句("In the gboulhaunted woodland of Weir":"[……]在威尔吸血女鬼出入的树林里")与第二段某部分的合并("Here once, through an alley Titanic of cypress[……]":"这里,曾有一次,穿过泰坦柏树下的小道[……]"),爱伦坡《尤娜路姆》,马拉美译,全集,七星书系,p. 196。

也是石炭纪的苍天古树。不论谁穿过这片小树林——宽不过两百米远——都会最终将其视作不祥的"处女树魔①"。

* * *

"清爽而快乐的战争②"。在布尔朗战役,南北战争的第一次对撞中,北方佬在前线派上了漂亮的"芝加哥佐阿夫团",穿着鼓起的短裤,当然是"迎着风"的。华盛顿的居民,位于三十公里以外,参议员以及他们美丽的妻子,都成群外出,来到小山丘上野炊,并且完全不会错过"大事件"的任何细节。马车夫在街上拉客也都为的是"布尔朗之旅"。而后,几枚迷途的炮弹飞向了这"野外烧烤":笑声消匿,许久。

* * *

你们问我怎么看我写的这些书?比你们想的要无限地好得多,同时也要无限地糟得多③。

---

① 处女树魔 Urwald:字面上是"原始森林"的意思,此处意思为"处女树"。
② 该说法因历史学家海因里希·里奥 1853 年提出而闻名。("愿上帝把我们从欧洲的腐败不堪中解救,给我们一场清爽而快乐的战争来清理欧洲,在人群中来一次筛选,把瘰疬的劣等人民碾死,以让我们在有毒的空气中获得足够的该属于人类的生存空间。")
③ 这是《如是》杂志提出的两个问题的回答中唯一保留的一句话。问题是这样的:"您认为您有作家的'天赋'吗?"及"'天赋'使你掌握了些什么?"格拉克的回答是:"英雄的名字,圣人的名字,诗人的名字,一些记号,我想,还有容格,这些都是标志,只能通过他人让我们认识,而从来不是靠我们自己。对于'写作天赋',我想是一样的道理,我很清楚,您的问题有别的目的,让我'为难'。不论是谁,如果不留笑柄地绕过了您的第一个问题陷阱,我不认为您会得到第二个问题的较为客观的答案,而得到的更可能是一个肖像,依据他的性格而画定,或者依据作家所被人承认的特质,或者是希望从别人那得到的特质。对每个作家,职业的评价都应该是放置于整体中的一个部分。——一个作者,永远都在挖掘'他们或我'的深处,他们从来没有想过来点缀文学景观的某个角落。去评价他到底有或多或少的 (转下页)

* * *

今天上午和 T. 交谈,他那随意而又不懈地扩充成语的天赋远近闻名——再奢华的组合好像都不能令他满足。我每次都以为他会让我失望——但没有,今天上午并没有如此。他开始给我解释隔离仓和锚体之间的区别,突然,他鼓圆了嘴,有力地说道:

——"为了向您断断续续来解释……"

* * *

布勒东花了相当长时间来给我讲他和普鲁斯特的关系(他为普鲁斯特校对《盖尔芒特家那边》①的样稿)。在普鲁斯特家的壁橱里,藏着很多食品——一些"非常精致"的小东西,他会把它们送给来访者。他详尽地描述着普鲁斯特,

---

(上接注③)天资也许并不错,但实现的唯一前提是我们能在他的激昂和抑郁间实现一种不可能的平衡。在这里,他的尺度实际上不是一个天平,而是一座摆钟,用批判的眼光来看,他的处境在两者间摇摆着,前者是'对现存一切不满的状态',此状态让瓦雷纳看到了创作的活力,后者是对别人行为的赞叹,对瓦格纳而言,确切地说是"疯狂",而它将会以某种方式让其筋疲力尽。当问他对自己书的看法时,他所能给出的唯一最诚恳的回答可能是:'与您相比,它们有无限多的优点,也有无限多的不足。'"(《如是》,第一期,1960 年春,p. 102)

① 1920 年春,安德烈·布勒东放弃了他医学专业的学习,并断绝了和家里的关系。为了生计,他接受了卡斯东·加利马为他提供的在《法兰西新杂志》部门的行政工作,他将被普鲁斯特任用,为他高声朗读《盖尔芒特家那边》的样稿。安德烈·布勒东在同马德兰娜·夏普萨尔的谈话中回忆了这一经历:"瓦雷里知道情况后,便来给予我帮助,还有纪德。他们为我在加利马找了一份小工,在他们的推荐下,我也同样负责对普鲁斯特某部作品的再次查阅。而他,在亲手进行了无数次的添补、涂改后,您知道,展现出来的是一幅迷宫般的图景。普鲁斯特的作品,因其所刻画的特殊社会领域,所以我不太记得了,但我却经常碰见他本人,他是一个极赋魅力及极为亲切的人。"(布勒东,《聚焦展望》,加利马,1970,p. 212)

对于那些接近他的人,他装出一副极感兴趣的样子。

他也提到了年轻的阿拉贡去巴雷斯拜访:一提到兰波的名字,巴雷斯的脸立刻沉了下来;他不想掩饰自己的惊讶,他不明白为什么大家会这么看重一个一无是处的街头顽童。

* * *

当权力被享用:在 1794 至 1795 年冬天的饥荒中,康巴塞拉斯第一个抵达公共救济委员会,大约十点左右,便开始用一个大锅熬蔬菜牛肉汤,这锅浓汤每天都是给行政人员准备的,到了中午,委员会人员入席,也就是说,各位首先都为自己乘上一盘菜汤,切一片面包,浇上勃艮第葡萄酒,而他们面对的是饥饿的巴黎。1940 年,在我们居住的格拉弗林①前的地洞里,伙房勤杂工每次送的限额配餐都让我很是吃惊:两块牛排——我当时任职中尉。这里可以让人触摸到实权的本质,在那时,当权者的宠臣被称为"寄食者"。任何一个资源匮乏的时代都会以它的方式毫不含糊地重现这一准则,比如说 1919 年的布尔什维克主义者的上台就利用了莫斯科工人以及红色的菩提洛夫②:这自然是一个年轻的强大政权的标志,它不会怀疑自己,也不会有不该有的羞愧:在 1941 到 1944 年间,维希政府并未敢于对它的官员这么做。真正的权力,是敢于对他的自己人说:"你们先吃吧——之后如果还有剩的,再分给其他人。"

---

① 见《年鉴》,第一卷,p. LXXI。
② 菩提洛夫工厂是一战时欧洲几家最大的冶金厂之一。革命派在工厂工人中占有重要地位,而这些工人在 1917 年 2 月的革命中扮演了重要角色。

　　　　　　　＊　＊　＊

　"当我们看到了俄罗斯的撤退,就像司汤达,或者当我们使敦刻尔克……"(我的天哪,这是阿拉贡说过的,借此,他要以一种无可触及的高度来震慑想象文学)。那好吧!我"使"(更确切地说是"看"到了——说"使"有点太过分了)敦刻尔克变得如疯人院的放风。从一个人的角度来看,它能让我产生奇妙的兴趣(如果我有时间),而以作家的身份来看,我的感受只是它的极度无用。对我而言,那其中一无所有。在一个艺术家身上,用遗传学家的语言来说,一样会有"体质"和"种质":在二者之间,是密封构造的隔板。一个作家令我感兴趣之处在于其滤纸过滤的本领。对刺激产生反应的人让我讨厌:我有收音机的旋钮和三十生丁一份的报纸。我最终将这些都交由条件反射去处理。

　　此外——既然谈论的是敦刻尔克与俄罗斯——我十分怀疑某些困难状态下生存的直接经验能带给作家丰富的思维:饥饿、寒冷、害怕、肉体痛苦。俄罗斯的战役于司汤达有何影响呢?他只会记起意大利,心中的一个角落。和成千上万的其他人一样——我在德国经历了饥饿[1]。它没给我留下什么印象,我已近乎完整地将它忘却——完整地就像青蛙会完全忘记它还是蝌蚪时是怎么呼吸的。外界粗暴强加的匮乏状态对于活着的人就如同完全封闭的括号。只有某种特殊方式能让人去回忆:它在"继续"。

---

[1] 1940年6月至1941年2月,格拉克在爱尔斯特霍斯特的战争中被囚于俘虏营,该营位于德国西里西亚地区豪伊斯威尔达附近。日记中该文的日期是1955年2月22日。

* * *

教皇如同世界明星人物,成为麦克风、摄像机、大众杂志封面的围捕对象。这个世界越来越不想听他布道,却越来越喜欢看到他。

* * *

最触目惊心的词,能使那些小气鬼受到启发的词,我想,在卡昂的圣尼古拉一个废旧的公墓中,我在一个六岁小孩的墓碑上看到了:"噢,爸爸!噢,妈妈!噢,B太太……!这是他最后的遗言。但愿上帝把从他身上截去的日子补偿给我们吧。"不论是高布赛克,还是葛朗台,巴尔扎克都没能为他们构思出这样有力度的句子。

* * *

对一个调查的回应

"您认为您的作品在若干年后还具有可读性吗?或者仅在它自己的视野里具有可读写?

您写作的目的是为了这种后续性吗?您如何看待作品的后续性?或者说,相反,您认为这种后续性只是一种变通的幻觉?"

文学史上留下了曾被他们生活的时代所忽视的几个作家的名字,他们笃信会有人读他们的作品,他们也曾这样说过(司汤达)。文学史如纯情少女,在死者之床袅袅絮语,如同医学的某些起死回生之术。这类作家不计其数,出于众所周知的原因。在此不一一列举。也许,没有人真正地为作品的后续性写作(它不受任何人的支配。谁也不会去猜测,到1964年或者几年后作品会是什么样子)。同样,我也认为,这种后续性对于作者来说不是一个什么"变通的幻觉",作者并不完全相信它,只是把它当作创作的手段和方法,用以保证其创作的开放性,——这是一个他无法面对失败的过程:因此,历史上,贞德才会相信教皇,路德会仰仗宗教裁判所:我觉得是毫无自信。真理,对于作家而言,也许就是在某些时候他要转过身看看对他而言超越时间的东西,也许是一个疯子知道谁对谁错,现在与将来,对他们来说,用作品后续性来判断一个作家似乎不是那么确切。带有偏好和判断的后续性,说到底只是未来的战斗文学,——而作家,在他大部分的时间里,是在另一个层次创作,他完全融入到胜利的文学之中。

* * *

墓畔对话

我不会忘记所经过的风景,但人的脸,哪怕见过五、六次,哪怕和这个人吃过饭,聊天过相当长的时间,我也有本事忘得一干二净:人一离开,如同海绵拭过石板,一笔勾销了。

我向B太太买晨报买了整整十五年。五、六年前,B太太去世,当时好像有人写信把这事告诉我了。她女儿顶下报摊,结婚,生孩子,又有了第二个孩子。在我的意识里,B太太确实是过世了,但这种意识处于我精神中的臆测部分,属于"不明确的关系",装载着关于死亡、结婚、出生等等我不甚关注的信息。有天早晨,我去买报纸,我想着不要忘了向那再得贵子的女儿道喜,有人事先还提醒过我。B太太在那儿,就在柜台后面。她的死原来没有我所以为的那么真实。她看上去精神很好,比以前年轻。我觉得这种场合毕竟有点特殊,我至少该和他说会儿话。"您好,B太太!"我语气里的热情有点勉强——我心里终究是真的相信她已经死了,我一边渴望能说出些友好的话来,一边又感到了自己处境的尴尬。我含糊其辞,到今天我还为自己当时说的话着迷不已:"这么说您回来了?""是啊……是啊。"我得到的反应毫无热情可言,几乎不带任何色彩。我猜过了这么些年,她可能认不出我来了。我们的交谈又持续了五分钟,她始终用一些单音节词回答我。有礼,却冷淡——我觉得作为一个祖母,她实在不够热情。离开的时候,我心里还想着她明显变年轻了,我遇见了她的女婿,直到那天为止,我们的交谈仅限于彼此之间的问候。那天,我觉得有必要主动一次。"我很高兴再见到B太太。她看上去精神好极了!"他的样子好像被吓坏了:"我岳母?可她六年前就去世了。"

可是,她妹妹实在一点儿也不像她的。

* * *

有关孩提时代那些新奇玩具所扮演的角色

那时我大约七、八岁的样子,某天社区小学的同学把一个扁平的圆铁皮盒带到了学校,这个盒子比一块手表稍稍大一点。揭开盖子后,发现里面放着一块小小的螺旋形金属隔板,就像是一个微缩的迷宫。朝向盒子那侧的迷宫入口可以通过一块小金属抽板方便地关闭。我琢磨着这个未知用途的盒子大概是他(我的同学)在某个被人遗忘的抽屉里找到的。我不知道他为什么突发奇想把盒子拿来给大家看,而且仅仅当作一件老式的捕蝇器。大家把几块蔗糖放到盒子中央,接着关上盖子,然后打开抽板:他(我那同学)呆在那儿一动不动,窥视着诱捕昆虫的入口,为的是引"虫"入瓮后伺机关上抽板。这种"半吊子"古怪工具的捕虫方式牢牢地抓住了我的想象,以至于我朝思暮想怎么将盒子据为己有:当看见我脸上绽放出狂热的迷恋时,盒子的主人以不可思议的高价卖给了我。还好我有一个储蓄罐,多少年来我祖父会在每周日玩完一局家庭多米诺骨牌后,投一块硬币到罐子里。于是我把储蓄罐给砸了,买了这个盒子,然后就放了几撮粉状的蔗糖,接着开始监视盒子。等啊等……失败不足以让我灰心丧气,恰恰相反:神秘铁盒散发的魅力远远超越了它的实用价值:它一直没有离开过我的口袋;刚一上学,我把它放在课桌上面对着我;看着它,我就满足了。等到第三天,老师听闻风声知道了这桩欺诈的交易,就把我父母给找来了。我看见老师走进教室,面色凝重。我缓过神来,脸色苍白,怕极了传讯而来的家长,真是生不如死啊!最后的结局大概是我为此付出了我妈毫不留情地甩我两个响亮耳光的代价,这是我从未挨过的。

回旋镖,就是它,我盼了好久好久才得到。就是在凡尔纳的科幻小说里,我才可能发现这个神秘的武器。每到夜晚,我幻想着棒子飞来飞去悄无声息,旋转着砍掉栖息在枝头上鸟儿的脑袋,最后回到发镖者的手中。我思忖着,一手拿着弧形的奇特武器,夜晚穿过田野,比巨吉斯和他的魔戒[1]还要厉害,

---

[1] 在柏拉图的《理想国》中,巨吉斯是吕底亚国的大臣,一天拾到一个具备隐身能力的魔戒,然后他就私通王妃杀死国王并篡夺了王位。故事和希罗多德《历史》的记载有出入。

能征服世界。我常常读到《法国猎人》这本书,它是我的教父借给我看的,当他参加完战争回家后就开始痴迷射箭运动:他刊印了圣·艾蒂安手工作坊产品名录的若干节选:我吃惊地,瞪着闪亮的眼睛,发现在一个美好的夜晚,这家公司突发灵感地出售回旋镖。每件售价仅十六法郎。总之千真万确,这笔钱对我而言是实在没有办法弄到手。然而,当我的教父要去巴黎旅行,问到我想要什么礼物时,我鼓足了勇气说想要回旋镖。我的态度十分坚决,似乎是想把天上的月亮给摘下来。当他回来时,我卧床不起,小恙初愈。他从身后抽出一个长方形的纸盒子,两条细绳固定了盒子的两端,我经历了人生中最激动人心的幸福时刻,当时我才九岁。

我呆呆地看着盒子很久很久,过了相当长时间都不敢拆掉细绳。我看到它的心情比我投掷它的心情还要迫切。或许我还不该如此匆忙地耍弄它——我事先就预感到有个瑕疵介于书本知识和实践知识之中,半是犹豫半是果断地放弃了为考验信仰而流淌的希望之泪。

回旋镖有一面平整,另外一面坑坑洼洼,那是一件精美的器物,上面雕琢着细木纹,木材出自异域,结实发亮,浑身发出漆光。我久久地注视着飞镖,度量着它那两个木柄,其中一个比另外一个要稍长些,我用手抚摸着它的弧度,想一探它的秘密,怎样通过精妙的弯曲能使这个神奇的玩意儿不遵守机械定律就能飞起来的。这个过程整整花了一天的工夫,或许还有晚上的一部分时间:这种痴狂能悄悄地满足我现有的欲望,它等待着结果,还有就是如果说我担心的是害怕遭到别人的耻笑,就会自问是否心甘情愿地尝试去等。最后我陪着教父来到郭德兰草地,像是念叨着宗教经文般虔诚地遵守说明书上的要求来投掷飞镖。歪斜着掷出,扁平的那一面转到面朝大地,手腕发力来使它旋转。那玩意儿贴到地面上,同时发出螺旋桨般的嗡嗡声,然后就是一个陡峭的爬升回旋角,爬升转向约摸八到十米,复又摔在地上。我们做过多次测试。诚然,木棒表现反常,时而突然爬升,时而与地平齐勾画出四分之一个圆弧,但它就是飞不回来了。我立即明白为何它大概永远也飞不回来了。但是它奇怪的飞行路线也让我心满意足了:(它)那儿有个承诺,一个意蕴深远的符号:也许在很久以后的某一天,一只训练有素的手抓住它,奇迹就会发生。回旋镖外壳的油漆剥落了,撒落在土块上:我从中找借口为自己开脱,渐渐也玩得少了。当时我宁愿在乘船时,时不时地在卢瓦尔河上投掷它,但是我害怕很快失去它,即看见它被湍流的河水卷走。不久以后,它被钉在我卧室的墙上,两颗钉子认真地固定保护着它:认识到它蕴藏着林林总总的神秘机巧,我就心花怒放了。接着,有一天,当我和年龄相仿的三四个淘气包结伴回家时,在郭德兰草地上投掷它,它却掉入了厚厚的草丛中,再也寻不见。我们一米接着一米,花了两个小时的时间,翻遍了整个草地去找寻:久而久之,也许我失望的情绪渐渐淡去,也许回旋镖悄悄地消失在某个同学的罩衫里。这可真是一个巨大的,令我悲痛欲绝的伤感啊。

　　回旋镖慢慢地淡出了我的记忆。我眼中饱含着它如此之多真实的影子——是那样地漫长,那样含情脉脉地注视着它——它的弧线和外形,以至于我跑到锯木厂在一块木板上重新又裁剪出一件新回旋镖,用刀雕刻上纹路。新镖更轻了,可旋转地不那么好,而且我满心忧郁地思索着从原件到复制件,真实秘密的核心部分大概已经丢失:我早已失去了对它的信仰,如同一个基督徒开始怀疑主的真实存在。因为它上面没有刻上木线纹路,当它撞上石头上时,一劈两半。我又制作了第三件飞镖,它又被放在墙上原来的位置,我还是把它漆成红色,尽管知道它现在永远也不能捕猎了——但是我踏上了通往战争之路,再也回不来了,所以再也不能投掷它。还有一段时间,我腰里别着它在乡间散步。入夜,我把它放在耳畔;也许我最终明白它强有力的效果全在于我的梦想。接着,它再也没有离开过那面墙,一直在我卧室里用它意蕴深远的符号提醒着我,就像是用钉子挂着的耶稣受难十字架,放在很久很久没人做礼拜的房间里。后来某日,我把它扔在了一堆干柴之上。

再后某日,我又看见了回旋镖。在圣日尔曼大街的武器商店橱窗前,它又在示意我。我大步流星地迈步;走过了五十来米后又转回头,立即决定还是想补偿我童年留下的遗憾,重新在我心中永久地燃起曾经黯然失色的趣味,当年它在我的生活中占据了那么重要的位置。后来,走到商店门口时,我又走开了,远远地走开了。勾起对逝去岁月的眷念总归是不该的。

* * *

以前,在管教严格的资产阶级家庭里不允许年轻女孩读小说,因为这被看做是件危险的事,今天,没有一本"先锋"小说是我们不能亲手交给她们的,甚至都不用翻阅,就像一切都令人放心。难道我们偶然看到了一个鲜廉寡耻的行为是因为狂热地阅读了布托、潘热或者是萨罗特、杜拉斯的作品吗?以前的超现实主义者曾经说过:凡是弄炸了皮雍灯者奖一万法郎。这种不敬的言辞只是为了说明,小说可以变成这样或那样,通过选择不同的表现方式,保持其连续性,甚至能够预见某种"熵"的要素原则,它的活力渐渐变弱,却把读者一步一步推向他们的裁纸刀并使其吞噬这书页,这一切原本造就了书的邪恶与美德、它振奋人心的力量,甚至它真正仅有的革命性,所谓"欲望的挑衅"——对一切的欲望。

* * *

有时候,人们一边向你介绍一个陌生人,一边抛过来一句话:"怎么样,还在恋爱?"你当然没有想要和陌生人套近乎,你也还算得上优雅得体,但却不得不一开口就说些这类的话,仿佛那是一种礼貌:"怎么样,你呢,是不是也在进行当中?"

* * *

莎士比亚的两段台词总是特别感动我。但都不是主要场景。一段是《麦克白》里国王邓耿看见城堡时说的话,他将要在那里被刺杀:

> 这座城堡的位置很好;一阵阵温柔的和风吹拂着我们微妙的感觉。

接着是斑柯的回答。我最后一次看这场戏是在夏佑宫。雨燕在城堡的雉堞上欢叫。透过莎士比亚的诗行,那鸣声深深刺入我的耳朵,和所谓的立体声效果截然无干。

另外一段是《哈姆雷特》的第五幕,哈姆雷特在决斗之前犹豫了一会儿,随即又下定了决心。

> 不,我们不要害怕什么预兆;一只雀仔的生死都是命运预先注定的。注定在今天,就会是明天,

不是明天，就是今天；逃过了今天，明天还是逃不了，随时准备就是了。一个人既然在离开世界的时候，只能一无所有，那么早早脱身而去，不是更好吗？随它去。（劳伦斯·奥利弗在电影里把"随它去"这几个字说得妙极了。）

为什么会是这两段呢？我想，前一段是因为它折磨着人，后一段却是因为它不折磨人。除此以外，戏剧从来没有吸引过我，或者几乎如此。

* * *

酒鬼之夜。敦刻尔克在我的记忆中更多是奇幻，而不是凶险。有时候不真实的感觉达到了极致。我们从荷兰回来，刚在格拉卫林纳火车站下车，部队的指挥官突然告诉我："我们的准将被杀了，师长被俘，马上要把军队旗帜烧毁。但是这没有必要告诉大家。现在我们受北方海军上将的领导。"而我们甚至还没有听到一声枪响。我对那些意外的不幸事件不是很敏感，但是，北方海军上将——我们开始像一个八岁小孩那样来推理了——让我立即陷入一种无法想象的兴奋之中，同时完全被这场有着奇怪名字的战争搅得困惑了，这个步兵编队竟然接受一个海军上将指挥。我脑海里立刻想起儒勒·凡尔纳的小说《阿特拉斯船长历险记》，想象着一个戴着面具的独裁者，在危难时刻突然出现在他的舰船甲板上，并用手指向天极："跟我来，我是北方海军上将。"这一激动人心的想法一直占据着我的头脑，使我一整天都处于一种狂喜的状态下，我真的相信，这一想法使我精神振奋，况且我们当时很需要这样振奋的精神。下午，从阿河边上传来断断断续续的爆炸声。守护着前线12公里的部队迅速撤退了,甚至没来得及通知我。到了黄昏时分,我带着我的一个排——大约二十来人——才发现我们完全困在了水道边的树丛之中。夏夜十分炎热,我们不时听到几声枪响,但基本上很平静,就像打猎最后的几声枪响。沿着小树林边缘,不时传来德国佬的叫声:"集合!……"语调一点也不高昂,就像公园的保安走过来提醒散步的人要关门了。阿河的另一头,闩门声一个接一个,仿佛一群郊游者在野餐之后进出房屋,一个响亮而滑稽的德国佬的声音同时叫到:"上车——!"听起来像是在运送囚犯。我们蜷缩在小堤后的树丛缝隙里,在一片黑沼泽旁,到处都是腐烂的树叶。当时的士气,应当承认是很低落。除了在葬礼之外,我还是第一次听到男人们的哭泣。当时感觉真的很像是一切都完了。在清点人数时,我发现少了两个人。当天完全黑下来的时候,他们以一副喝的烂醉的样子出现了:他们利用了这次稍稍特殊的休息时间去造访了树林边界的一所房子,并在那里找到了酒窖。醉汉的样子一下子激励了整个排的士兵,而且给他们带来了一种极度的乐观态度:我决定利用这个机会立即尝试通过禁地。我要求两个志愿者来当侦察兵,两个醉鬼毫无畏惧地自荐。光脚的不怕穿鞋的:还是俗语说得好。整个排的士兵疯狂地兴奋起来,在一片树枝的破裂声中,大家几乎排着纵队从树林里钻了出来。

在那个时候,走在法兰德斯的这块围垦起来的光秃秃的平原上,就好像走在大海上。走出树林,我们周围的地方看起来一点也不像战场,更象圣约翰节[①]的夜晚。到处都是农

[①] 是北半球夏至日前后的庆祝活动,又称仲夏节。

庄的麦秸、稻草烧得旺旺的,我们从很远就能听见德国人围着火堆醉酒般的合唱声;不时地,看到一束火花飞过上空,人群中就会迸发出欢快的尖叫声。说真的,气氛很欢快:一个狂欢的夜晚,整个乡村充满着喜悦的气氛;令人感到奇怪的是这种喜悦感染了我们:没有了任何的忧虑。我监视着两个侦察兵模糊的身影艰难地前行,他们穿过一片光秃秃的田地,还带着醉酒的神情,迷迷糊糊又咄咄逼人,每到一个排水沟便翻滚过去,很快又站起,还声嘶力竭地唱着一首醉酒歌,或者朝德国人做出一些下流的动作,我们也无法阻止,一阵难以遏止的狂笑震撼着整个纵队,大家都有点微醉了。事后回想起来,我觉得在那个摸索前进的晚上,这种嬉笑的行程就像一个通行证。我们在几乎黑黢黢的田野中行走,几次从火海边穿过。我周围的世界好像脱了线,从5月10号以来我们没有录音机,没有报纸,没有地图,没有任何的消息:这些德国人既然从南方来,那他们应该是从巴黎过来的,战争可能会因为某种隔阂而继续进行,也有可能随时结束,或许已经结束了,因为他们唱的歌那么动听。这一切在我脑海里乱成一团,我仍旧十分信赖北方海军上将:我感觉到在他后面一步步陷入这个奇怪的世界,仿佛跟随着一艘破冰船。

我们终于到了这个阴沉沉的小村庄,这儿白天栖息着部队的参谋部。一切都在熟睡之中:那天晚上的一件奇怪的事情是德国兵还在村庄里呢,我们奉命第二天上午将他们驱逐出去。指挥所——当地一家小咖啡馆——已经关门并且锁上了。我们用枪托敲了几下门,突然,门开了,一个全身赤裸的男人走了出来,背靠着门框一言不发,一副像要被枪决的样子。这是我们的一个厨师,掉队了,害怕得脸色发青,大概是正在换衣服的时候受到了惊吓。我们没有深谈:因为口渴了。充盈的液体泛着光,就像手电筒照射下的洞穴:我们感觉很好,百叶窗关着,黑暗中感到温暖,并受到保护。我第一次吞饮了半升红酒:白天的经历并不是让人无动于衷。大伙也开始感到酒现在就是我们的运气,还会有情况发生……

我们决定带上厨师一起,于是开始用枪托砸看起来空荡荡的房间的门,我们细细地听了一下,然后到街上拐角处转悠了一番,整个村庄看起来完全荒废了:最后,从一个两层楼的黑色窗子里传来一个无力的声音,好像被手帕捂住的嘴,给我们指明布尔布尔镇方向。原来他是一位马基雅维里①式的政治同胞,开始把我们当成德国人而用手帕掩饰自己。

我一直记得,接下来的整个夜晚我们都一直在行走,道路两旁的大树形成一个穹形,树也几乎不长了。我们每到一个农场就要停下来:把轻机枪对准门,然后,身子紧贴在墙上,用手指敲打百叶窗,每次到最后都很让人兴奋:完全无法猜想从方砖屋里会蹦出什么样的魔鬼。大杂部队②……没有人睡觉。到处看见苍白的脸颊紧贴在玻璃窗上,乡村的夜晚变得异常寂静,土地看起来象一片荒漠,酒鬼们沉默了,火烧成了炭灰,大家重新开始聊一些无关紧要的小事。我们不知道自己身处何处,处于何种状况,平静,也不会受到伤害,我们变得异常得超脱和无忧无虑,仿佛已经习惯了在海上行走的感觉:我们不会迷失方向了。这个夏天的玫瑰花是蓝色

---

① 马基雅维里(1469—1527)是意大利政治家和历史学家,以主张为达目的可以不择手段而著称于世。
② 大杂部队原意是指在百年战争中很多抢掠勒索乡村的、没有军饷的士兵、逃兵和土匪。

的，树木是玻璃的①，北方海军上将……我们去了。我们就像敞篷车的辎辘，独自轻捷地在道路上滚动，甚至还会拐弯。这是我经历的最漫长也最不现实的一个夜晚。将近早晨四点的时候，前方的路上响起了脚步声，迎向我们，一个声音大喊到"谁"？那时我还不能确定我们得救了。

* * *

我翻阅科克多的小书《存在之难》。新毗瑟孥神。一个机智的蒙田。他解释着自己如何得救；迪亚基洛、萨迪、拉迪盖，如何将他从罗斯坦、泰拉德和德诺阿伊夫人的伤痛中解救出来。事实上，我们认为他在交换中没有损失什么，只是他从来都没有意识到，自己仅仅在趣味阶梯上升了一级，却没有改变类型，就好比一辈子都呆在辎重队里的士兵。让巴黎动起来的东西，是他最终的偏好和准则。读着这本小书，我们发现，他生命的每个阶段，几乎都是巴黎的彩排，他自己的或者是别人的。他把1917年的栏杆事件（如今还有谁会想起？）比作一次"艾那尼"之争，（"艾那尼"之争也实在无足轻重）。对于巴黎人如科克多，普鲁斯特想必会让他失措：在这部经历二十年潜水才浮出水面的作品里，没有什么好追忆的。还有那长串的小说、戏剧、诗歌、芭蕾舞剧、论文，也不再让人感到特别吃惊了。直到七十二岁，科克多都没有一部成熟的作品，一部拖带着曾经活过的生命的分量、或饱受长期冥思萦绕之苦的作品。异想天开的诗人，好比文学教材的大杂烩，评论家们纷纷给予不合时宜的赞美（人们有时会勉勉强强把邦维尔、拉福尔格、马克斯·雅科布、阿波利奈尔，甚

---

① 引用布勒东，《超现实主义宣言》。

至是兰波也放在一块儿说),这一称号似乎专门为他而创,并且再好不过地和他匹配。

　　文学作品,尤其是伟大的作品,自它诞生之日起就接受了大众对它的理解,除了时间而没有任何的可能去更改这种理解,也不允许视觉角度上的任何改变。之后就也再没有可发掘的角落,也没有挖掘的深度,如同一间房屋,后人无法将它整理如初:看来作品面对的就像一些千疮百孔的盒子,而那儿的读者总是络绎不绝

* * *

　　正如一战后诞生了它特有的"天蓝色议院",二战后的文学经历了它灰色的饥荒,两者都是昙花一现,但它们却自以为担负着至高无上的使命。

* * *

　　我只要大声承认我对瓦格纳和荣格的敬仰,评论界(他们倒是没有敌意)马上就会把我列入"可称做法-德人"的那一类。是的,德国吸引我,但这个出于欧洲中心的巨型重弹,这一寻求某种形式的强大可能性,我自问它能够带给一个法国作家什么。也许只是前面提到的这种流言蜚语、这种边界的暧昧扩张,让人感到仿佛是生活在大海边上。

* * *

　　"对于自己民族的伟大、古老、尊严、崇高的不变的想法,使得路易十八得到一个真正的帝国。我们从这感受到了什么叫统治……在巴黎,当路易十八赋予得胜的君主与他同桌共餐的荣耀时,他毫不客气地走在众王子前面第一

个,而那些王子们的士兵此时都在卢浮宫殿内驻扎着;他对待他们就象对那些只不过是完成了职责把武装的骑兵带到至高无上的君王面前来的诸侯……如果他在路上遇到了威灵顿公爵,他也只是恩赐般地对他稍微点点头。"

(夏多布里昂:回忆录)

后来,在这神奇政治的伟大时刻之后,来了如帕斯卡所说的"武力攻击了鬼脸":仍然不得不签署巴黎和约。

* * *

歌德,通过J.-F.安吉洛兹的研究著作①。作者在每个章节末尾都对歌德做一个总结。可是,从《少年维特之烦恼》到《亲和力》,我看见了利益之求,我对此保持冷漠——丧失就在眼前。正常的演变——就是说从狂飙突进运动到古典主义吧——本该是协调的,在一代又一代之间连续地展开,事实却被缩紧,并且从人生活的角度而言严重地停滞。如何能不看到歌德的这一点早熟的古典主义所表现出来的欲求、简化、突兀和僵化?生活中,这种对结构的担心让我对其很关注,也关注他的大部分作品,无意中发现他对自然法则的进程很着迷,有时甚至和它们产生默契。然而所有的进程都需要时间。我很清楚在1770年的德国一切需要重建:时间甚至很紧迫。但歌德一心想给他的祖国一种他自己的文学,在唯一的生命里,让本该在两个世纪里缓慢进行的自然运动相互撞击,相互渗透。因此提前产生了属于下一个世纪的相互交结的文学:歌德可以说是更多地推动了文学的繁荣发展

---

① 指 J. F ANGELLOZ 以歌德为名的一本书。*Goethe*, Mercure de France, 1949。

而非耗尽了其肥沃的土地。从胚胎到死亡,每个肌体都反映了种类的演变,我很同意这一点。那么,每一个艺术家都反映艺术的全部演变:显然不。如果一定要这样认为的话,那么请在他发展的曲线中寻找虚线的部分。歌德的古典主义是呈虚线的,它不是德国的古典主义:只是以一种极端自愿的方式,他代言了它。

* * *

人们如此赞叹克洛岱尔把树比拟为"火的形态",我却不甚苟同。我最先想到的是肺或者鳃一类的东西。

每天早上,我们负载起这个世界,就好像套上一件老旧的外衣,不会再有任何惊喜。于是,树成了唯一的形式,在某个偶然迷失的短暂时刻,当人的双眼摒除习惯,树看上去就好像是完全发了狂。比如这个下午,我看着巴塔耶岛上那些树散步于雨雾之中。突然间,它们似乎比一群恐龙还要让人惊慌失措。

* * *

重建的萨尔布吕肯①——这座城市在炮击声中葬送了它的灵魂,如果说它还曾经有过灵魂的话。大片的现代街区从拆除建筑物的工地上拔地而起:人群的聚集,居民点的形成,不再是以前简单的居民单位了,城市的非人性化的过程,用推土机捣毁动物们刚刚搭好的巢穴,——这是全世界都正在采取的进程,而二战只是加速了这一进程,这种进程的表现,不是尸体,相反是气味的缺失。人类经历了百年自身的

---

① 德国萨尔州首府。

清洗,看是杀了菌,消了毒,然而,我们预感到,再不会有珍奇的花,也不会有兰花在这片施了肥的土地上发芽了。

但是,距离城市不远并把它围住的是海西森林,有人跟我说,在那儿,在一条通往正在修建的大学的小路上,还可以看到母鹿和野猪:德国——被殖民的国家,而非被人性化的国家——其国土的方方块块镶嵌在大自然的裙摆下,被虫蛀,嗡嗡作响,就象在热带草原中的白蚁巢。

* * *

契诃夫的戏剧总让我觉得不够淋漓尽致,就好比《樱桃园》吧:这些剧本总有从小说改写而来之嫌。戏剧场面无法完全抑制一个念头——还有别的可能的表达方式,让人苦恼。哪怕这些剧本再出色——甚至足以把小说杰作都比下去——读者却仿佛隐隐约约读着这样一句话:还可以是另外一种样子。

* * *

男人之优越于女人:每天早上他都要刮胡子。这是缺席和清理的短暂时刻,通过搅动至深处的夜里的水,眼睛不带任何偏见,在某个悠游的瞬间,采撷着水藻的潮湿磷光——好比那些到处闲逛的人,手插在裤兜里,在天亮以前沿着沙滩行走。

* * *

保罗-路易·库里埃的《杂文集》:虚情假意和唉声叹气的揶揄讥讽:但这只是刺了一下,并没有咬伤,反对方做出鬼脸嘲笑内阁和耶稣会士,本堂神甫们表现出虔诚,省长们表现出强硬的手腕:于是乎,大家纷纷谴责贫穷的农民投错了票,购买了太多的国有财产。善良的人啊,人们在伤害你们:某种反对伪装的魔爪的陈词滥调依旧存在,每次政权回到"大人们"的手下时,它们会在法国重生,在布罗格利和迈克-马洪统治时期是这样,在贝当政府时也一样(在蒙齐的笔下)。人们曾被达官显贵所蔑视,但不再遭贵人欺骗,当然会有性情上的不相容,但不至于走到分裂的地步。大家都很同意要尊重不动产所有权:这正是不愿意做扎克雷①的扎克雷的声音。

* * *

诺瓦利斯:为了完全让自己信服他是一个伟大的诗人,必须懂得德语。不过,文学里确实是发生了一件大事:有史以来,文学头一回从帕尔那斯山走下来,去到革尼萨勒湖边巡行。

* * *

西班牙:在城市的空地上,正好在托莱多或布尔戈斯之间,在阿维拉的古城墙脚下,在卡斯蒂利亚地区村庄的打麦场,在阿拉孔红色的丘陵——不是阿拉孔岩石,到处都是土地,被驴子和骡子蹄踩得寸草全无,剥掉了皮,积满灰尘,支离破碎,光秃秃的土地就像患疮痂病的皮肤,仿佛我们边刮边揭下一层痂盖。到处都是踩结实的土地,——在阿兰居埃,在托莱多——在斗兽场古老的砖墙周围,其颜色呈血凝

---

① 扎克雷,法语中意为"乡下佬",是贵族对农民的蔑称。历史上的扎克雷起义,是 1358 年法国的一次反封建农民起义,是中古时代西欧各国较大的农民起义之一。

固后的红色,——开着零星几个的小洞,在小洞上面有一些我说不清的摇摇欲坠的、名声不好的、肮脏不堪的、阴森森的东西,就像一座寂静之塔的四周,我们很清楚,这些斗牛士,即使不用担心任何危险,他们也不会靠近危机的边界线,还要划十字,两次而不是一次。那儿有些美洲的殡仪大厅,我们到了地球的另一端了:这些地方用于礼拜日欢庆之所一点也不掩饰他们近乎高雅的屠宰场。

* * *

我问布勒东,问起他那次有趣的冒险——他和阿拉贡、维特拉克,还有一个我不记得名字了,他们想要把《超现实主义宣言》付诸行动:"出发去!"他们抓阄决定出发地,是鲁瓦雷榭尔地区的一个小村庄。从那里开始,他们随意漫游乡间,有时步行,偶尔坐几站火车。事情进行得十分糟糕:第一天晚上,阿拉贡和维特拉克就打了起来,维特拉克回到了巴黎。在乡村旅店里,人们觉得他们可疑,不肯给他们房间。随着路途渐渐显得遥远,不适感与日俱增。他们很快就坐上了回巴黎的火车,又回到枫丹街。

这样一次可笑的失败历程,在我的眼里却只能是一次范例。超现实主义便是如此。这就是它的潜藏的荣耀:不计其数的出发,任何到达永远都不能否认。

* * *

于勒·瓦莱斯的《起义者》。有一句话打动了我,让我看清了在《灯笼报》时期,集结在巴丹盖①周围极左翼反对派的

---

① 巴丹盖是对拿破仑三世的讽刺昵称。

冷酷无情的欢呼雀跃。"孩子出世了（他的第一本书）：他的第一个战栗始于穆尔格的葬礼！"

放荡不羁的笔杆子，按稿件计酬的记者，头发花白的学监，老大学生，半失业状态中寻找家教工作，事实上，这就是或部分是《波西米亚人的生活剪影》①中的小世界——烟斗、啤酒杯、掺烧酒的咖啡、烟和《小报》编辑室的闲聊——但是相比之下一塌糊涂，结果给了维克多·奈尔一个漂亮的葬礼②并且和对巴黎公社无法控制。马克思对巴黎公社的领导班子是宽容的，他从中十分清楚地看到了他们的无能。革命要有一些特罗舒③和加默兰④这样的人。瓦莱斯的坦诚使人很悲痛，让人厌恶这个三令五声的领导班子和这些嗜酒革命者，在血腥周的最后几天里，贝尔城的街垒战士对他们的到来表示唾弃。如果我们只是轻率地进行一场战斗，就不会有好结果，对此没有任何的理由。

当我们读到书的最后几页既有于布王⑤式的残忍可笑而又有悲怆的场景时，一种难以忍受的厌恶油然而生，那个不幸的公社社员像一条丧家犬从一个街垒游荡到另一个街垒，不敢露出公社的旗帜，只好夹在腋下的报纸里，一副街区流浪汉纵火者的样子，在炮弹弹片中跳跃，一事无成，还被路边穿夹克的工人虐待，那些工人对他呲牙咧嘴，草草地散发一些鲱鱼票、火药票或是战火单据，而那位社员只能对着怒

---

① 亨利·穆尔格的小说。
② 维克多·奈尔是左派记者，反对第二帝国各政策，后被皮尔·波拿巴亲王枪杀，巴黎人民利用给奈尔举行葬仪的机会，举行了竟有20万人参加的反政府示威游行。
③ 特罗舒，法国政治家、少将，曾任法国国防政府主席。
④ 莫里斯·加默兰，法国陆军将军，曾参加指挥两次世界大战。
⑤ 是法国作家雅里所写的《于布王》剧本中的人物，既残忍又可笑。

气冲冲的人群抱怨他被压得太紧了,让他陷入困境,他可怜且悲愤地大喊:"请让我一个人呆会吧,我需要一个人想想。"

瓦莱斯被流放期间仍然勇敢,但对自己的行为不承担任何责任了,有时候,他应该也会半夜醒来,仍旧听到一些人严肃的声音,这些人也许几分钟后就会被枪决,他们从街垒那边对着瓦莱斯愤怒地大声喊叫:"命令在那儿?计划是什么?"

* * *

巴塔耶岛种植土地上有着天堂般的景象:这些作物看起来像是为了装饰一样,繁茂的高茎的植物、玉米、烟草、柳树、大麻、绿色的小乔木林在令人陶醉的和风中摇曳。柳树美丽的毛皮给灰鼠岛重新镶了一道边,仿佛用来炫耀的毛皮大衣。到处自然散落的葡萄树植物重新变成了野生的,仍旧攀爬着与小榆树交错。整个新奇的植物群守护着陡峭的河岸,涨潮把从奥弗涅火山顶和维莱斜坡的岩石颗粒冲到了这里。地面多沙,水很快渗透过去了。在柳树间是迷人的曲折小道,在筑有防御工事的防水土堤上是生长得很好的农田:这儿到处都有盛开鲜花的漂亮花园,仿佛人在和这可爱的大自然叫劲时也会感到无奈:天竺葵、大丽花、矮牵牛、蜀葵,再远点,在它们的沙垄上,石刁柏精美的叶簇一直延伸到菜园和花园。它们或成排,或成实心方阵,远远就能看清楚,在起伏不定的柳树枝之上,杨树轻微抖动的帆面,它们十月火焰般的光芒让整个岛看起来像高更的风景画,仿佛用力地向干枯的草原撒播着形如方块 A 的淡黄色金币。

＊　＊　＊

　　歌德的完全缺乏历史的感性使得他远离了我们。在他出生之时，就记下了处女座的星位，也是夏多布里昂和拿破仑的星位。

　　＊　＊　＊

　　我偶然翻阅到一本1901年的《时尚》中。上面的标题让我陷入沉思，但不带任何讽刺意味："时尚怎样理解简约"。

　　＊　＊　＊

　　让-勒内·于格南。他曾是我的学生。但是一个我一无所知的学生，今天，九月深处的波涛随着潮汐拍打玻璃悬崖，去而复返。然而……单单是中学的课堂长椅，最前面那几排，总是集中着那些及时掩藏自己的学生们，一小群听话的学生，爱坐在阴影里。教师的休息犹如透明的瓶子，水倒进去，外面是看得见的。在我看来，于格南没有什么书生气，倒是具有某种气质，让人想起一阵大风：他甩起头来就如同脱缰的烈马，他的声音锋利，总带有挑衅似的维护自己的矜持。他更像是那些烧自己的作业本、并且从不参加同学会的人。

　　然而我应该能重新见到他。青春的本能魅力一旦散发，便如此迅速，如此强烈，消逝于哪怕是最平庸的文字里。我就像他的许多朋友们一样，只是对自己说着："我多么不常见到他！"不过夏天我住在往布列塔尼的路上。我在那里看见他最后一次出发，就好像上个月我看见罗歇-尼米埃出发一般。谁若是没有在清晨时分看到过一条路伸展于自己眼前，也就不会知道什么是希望。我想这是贝纳诺斯的话。外面的时代还是严肃地清理着这一切。

我们所喜爱的人,倘若有天交给我们一份最初的手稿,一本最初的书,带着一丝心不在焉的笑意,像那些试图走钢丝的人般有点机械,他不知道他在我们的心里激起了怎样强烈的困扰。就我们对他的友谊,我们对他的了解,总的来说,他大概是毫无机会的。倘若他写得一般,那就没什么可做的了:我们这般退缩,这般局促,就好像我们面前站着一个抚慰怀中死婴的疯子。怎么!他居然喜好这个!他居然满足于这些可怜的东西!于格南最早发表在《如是》的东西,当时似乎并没有引起特别大的注意。可是当收到《野草》,我打开书就一口气地读完了。这不是什么必然的信号。这是每隔两三年就要出现一次的那类事。

秋天了,已经!

兰波令人心碎的话,同时充满了困惑。这句话开始了《地狱一季》里最长的一次"爬坡"。以我看来,这也是这本书的主题。一个伟大的主题,

换言之,一个不太新的主题。老人们面对干枯树叶时的忧郁,静止的生活不再留住我们。这句话触动着我们,因为它恰恰在显得如此不可承受和难以容忍的同时,也产生了强烈的回想。这不是因为我们知道作者年轻,而是因为,每一页文字都带有花样年华的持久的显现感,这让我们唇齿留香。痛苦如此简单,一点也不神秘。不过,年轻的心还是踌躇满志,激起自己生活火花的欲望也一样不可抗拒。因为,他发现,自己周围的世界开始在慢慢变老。

人们有时认为这本书太单薄了。它是否能够考虑到这样或那样的文学"投入"呢?我不知道:应当把这个问题交

给专家来评判。这是个叙事,我担心它没有包含参考书目。但是,对于那些考虑文学投入比较少而更看重写作才能的人来说,这是多么难得的质量!这种精巧的组合——几乎是点彩画法——然而就像铜管乐队排除了铜管乐器的演奏显得无力且不滞留,这个优雅的景色,没有清晰可见的人群,随着人们的前进,在九月零散的音色后面越来越使之黯然失色——对话的省略极为恰当,使得每时每刻都有空白,因为它是写在情节中,写在字里行间。(我的上帝,你不会要重新开始吧?——重新开始什么?)

在法国文学中,有一种不公开的模具,(弗罗芒丹的《多米尼克》就是这样出来的),一些通常简短的作品,前后相隔一段时间便形成了,它们线条简单,格调一致,其价值也不定,但是都能把九月的宁静透彻和霜冻的裂痕结合在一起,仿佛我们能同时听到纯洁的水晶和它裂缝震动的音色。《野性的海滨》同其它的书不一样,它给我们释放了永远不会忘记的音色。我们失去了让-勒内·于格南[①],但是表达的优势却有长远的意义。对他,留下这样一副画面,甚至对那些不曾认识他的人或是对他没有任何记忆的人,这幅画面有着我说不出的明显的相似性:潮湿的生命,美丽而令人伤感,在心脏的位置上,一根别针穿胸而过。

* * *

在真正文艺界中被认可的想法:比如《情感教育》是福楼拜的代表作,《包法利夫人》则是无足轻重的小角色,甚至提到也是一种没格调的表现——如果允许反驳的话,我们

[①] 让-勒内·于格南于 1960 年死于车祸,时年 26 岁。

会看见一双双沮丧的双眼低下来，盯着盘子看，仿佛我们把红酒倒进了汤里。

我翻开《情感教育》，一句话马上跳入我眼帘，这在《包法利夫人》是不可能有的：

> 最后，他发现她有一种全新的美，这种美也许仅仅是周围的环境和身边的事物的反映，要不就是这些景物内在的魔力使她开放得像花儿一样美丽。

* * *

工作这个概念已经被败坏了，如今它带着太多征服和生产的意味。在我们这个彻底倒转了的世界里，工作已经不再是在纯粹的自然之上的工作，而只是对人类以往的工作的工作。去年夏天，我看着拉博勒地区那些辉煌且令人感动的城堡，一座座被钢筋混凝土建筑所取代。在我看来，那就是毁灭的象征。机器所执行的事先想好了的工作，销毁了手工完成的工作，取代了梦想（哪怕是贫乏的）和疯狂（哪怕是不羁的）所启示的工作。我们的本能也许隐隐感觉到，恶意的破坏迟早要受到惩罚，然而与此同时，我们不能避免这样一种狂热、破坏，然后再造，如同空转的磨坊，碾碎不成什么东西。

有时候，我梦想着在圣山的新誓言，让世人的眼重新睁开，只盼着这一切不要太迟。让光辉的尊严不再是远离贫贱者，而是远离懒惰者。我们有如此多的手致力于改造世界，却有如此少的目光来注视这个世界。

* * *

M. Z. 相信，如果不停地向教堂边沿的檐槽喷口吹气的话,最终能吹掉教堂的一个檐口上的雕像。他的第八十五或一百卷书,这几天要出版了:这至少需要《人间喜剧》的原谅。但他的作品越来越让人想到这些珍巧的小刷子,背面是银质的,通常名门望族之家在正餐后甜点之前用来打扫桌布上的碎屑。

* * *

布拉西拉什:对他作品的定论也许应当归于谨慎的社会公正,从各个方面看,战后二十年,大家不评价它,却触动着它。我尝试着阅读《我们的战前时期》,在这个极端的荣誉和耻辱之间,我发现一种优雅的简洁,文笔中,记者的迅捷风格流露出来,但是这个感觉有其与众不同的特点:通观这个三十岁左右的男人的回忆录,让人感到震惊的是他想入非非的才能,他对他那个时代的想入非非几乎日复一日,没有任何的时空差异,如同幻想一个太古时代的未来。

* * *

比托尔弗夫妇:舞台世界同时发现了蓝色的花①和黄金传奇②。他们笔下的剧作《圣贞德》,因故事的改编而表现得更加奇特,使得一部干瘪的、刻板的作品悄然变化着,直至最后爆发出来,形成结构完善,棱角鲜明的作品,我们仔细想想,它是无可替代的,因为一部情感戏剧会使卢德米拉·比托尔弗的创作游戏变得无法忍受,只能靠紧紧抓住这个坚硬的杠杆,尽其努力表演。1929 年的演出是继《帕西法尔》之

---

① 法语中,蓝色的花指感伤,多愁善感之意。
② 指意大利热那亚作家雅克·德·沃拉吉纳于 1261—1266 年间用拉丁语创作的作品,主要讲述 180 名圣徒的故事。

后我记忆最深的作品之一。在我的记忆中,戏剧如一个大水族缸,几片脱水的叶片永远也长不出这样的日本鲜花。

* * *

文学随想:我和几位评论家一起参加了一场关于阿尔弗莱德·德·维尼的研讨会,其中有康科尔先生。我们大家很清醒地认识到主讲人不同寻常的年龄,没有那么多的皱纹,而且,其中一位批评家很羡慕地称赞到,他还保留着满头的头发。讲座结束后,我们围成一圈,用手摸摸自己留着的平头。大家的交谈有点装模作样,讲座主讲人带着十足的傲气起先告辞,看起来像个先辈,与当前的文学保持着很大的距离。我们对文学的这种意外回归略感惊奇,当然不是格外惊奇,或者说是很令人振奋地想到美术的一些传统竟然保存如此之完好。

* * *

《爱之生》。然而一天早晨我醒来,精神自由自在,却突然一下子很多事情一齐涌来,就像春天的某个早晨会发生如此奇怪的事情:我不会喜爱这样的感觉。

* * *

D. A.:让人想起某些修女的脸颊——在修道院的围墙内以及修女帽的昏暗之中,颜色褪得只剩下灰色的双眼和红色的嘴,但是有一种沁人心脾的、美妙的温柔之光环绕在睫毛和嘴角。没有集中到眼或唇的具体一点,极具魅力——这是一种衰退的、筋疲力尽的魅力,用弗郎西斯·詹姆斯话来说,是一种年代久远的魅力不确定地闪现在脸上,——如同裸体表现的优雅。

* * *

先后两次,前后相隔一个世纪:从圣西蒙到夏多布里昂(更少),我们看到方言一时间打破了语言冰冷的外壳。词汇开始增加,充满了生命力,让人感到古老法国的垂枝旧叶,也能感到她的新枝绿叶。几乎所有作家都按照书本来写作。之后,大概应当算上塞利纳,在他笔下,不是写作语言的溃败,而是语言流畅的障碍。

* * *

继赫鲁晓夫的报告①之后,法国最近三十年的文学,是整个而不是一丁点,成了一个装满枯萎的情书的抽屉。

* * *

自从邦雅曼·贡斯当开始了对雷卡米埃夫人的激情,他的《日记》突然变得令人惊叹、富有想象力。用心的爱,有策略的爱,——既冷淡而又易激动的狂热——,焦虑的担心,带有隐隐约约神秘感,担心需要控制局面,对我来说,这一段体现了贡斯当处于两场赌局中的价值以及观点,这两场赌局是另一种类型的《地狱一季》,但本质上来说,没有任何区别。纸牌在赌台上一张张翻转,越来越快:绝交—离走—哀求—远离—原谅—指责—等待:总是同样的旧牌,每一张都价值相等,没有一张能胜出。桌上从来没有真正的赌注,这一点

---

① 赫鲁晓夫于1956年的苏联共产党第二十次代表大会中发表了"秘密报告",对约瑟夫·斯大林展开全面批评,震动了社会主义国家阵营,引发东欧的一系列骚乱。其任职期内,苏联的文艺领域获得解冻。

他也很清楚；但是每出一张牌，心跳仍然会加快，好像这些微不足道的胜利能够通过魔力赢得庄家全部赌本。

* * *

《西尔维》。某种东西落在了这部平静的、自然的作品之上，如同朝露落在草地上。这是我读到的法语中最迷人的故事了。这部杰作，用清晨的露珠编织而成，在一个实践家眼里，其第一段便是一个明快的开头，以一曲绝优雅的旋律线贯穿始终。

* * *

比较文学。在欧洲联合时期，我们对边界的挖掘着实感到尊重和好感，他们在长久以来不为人所知的水岸间搭建起一座座桥梁——即便有时候是为了风景而不是为了交通。

* * *

一次幸福而又性感的相遇使得两个人的知心话像泉水一般流淌。对两个相伴的情人来说，所有发生的一切只为一夜之情，他们能感觉得到，缠绵于使他们容光焕发的光线之中，重新坠入达那厄的金雨①之中。

* * *

致巴尔扎克笔下的公爵夫人：我发现 Blesme-Haussignemont 这个名字很美，充满高贵气质和绿色森林的香气，这个名字是偶尔在梅斯快报上读到的，位于马恩省的一

---

① 希腊神话中，宙斯乘达那厄睡觉的时候化做一阵金雨与达那厄交欢。

个普通火车站的名称。

* * *

昨天晚上做了个梦,梦中参观了在佩里科尔的贝尔特小城(?),那里因一座巨大的教堂而出名,教堂是用红砂岩建造,就像德康的城堡,而风格上,与吴哥窟十分接近。在接邻的修道院,我们沿着奇怪的运货梯一层一层地转,这些楼梯就像巨大的女士手提包,花布绣花的,还带有搭扣。有歌声来自于拱顶的管道,就像在索莱姆修道院,斜向着夕阳,可以看到圆锥形的塔尖,我不知道是在怎样的旋律下看着弗拉卡斯船长①离去,被眼前的景色迷住,我决定用八天的时间骑自行车游览佩里科尔,我在这诱人的起程中醒来。

在我的梦中,能记住名字的是十分罕见的;但是贝尔特·佩里科尔这个名字,就像火车站的站牌。通过以上述所有这些点点滴滴以及透露出来的旅游邀请,可以说这是一个旅行指南。

* * *

所有的艺术作品都是不可替代的,但它所激发情感却不尽其然。我是说的真心话,《喀尔巴阡城堡》②在我十岁时给我的影响和我后来十五岁时读到《厄舍古屋的倒塌》③是一样的,当然这个时间次序不允许颠倒。

---

① 戈蒂埃同名小说的主人公。1863年发表。
② 儒勒·凡尔纳的小说,讲述一个神秘鬼屋的故事。
③ 埃德加·爱伦坡同名小说,是他最著名的心理恐怖小说之一。

＊ ＊ ＊

我终于读完了阿兰·儒富瓦的著作《书的时间》,相当不错,书中斯塔尼斯拉斯·偌丹斯基以伊万之名出现并随处可见,对偌丹斯基的回忆也从这一页一页的文字中活生生地涌现出来,他患严重鼻炎的声音,仿佛在黑暗的肺空洞中回响。唉!只可惜,这已是第三次,我想也该是最后一次,被关在里昂的精神病院了:每想到这我就倍感恐惧,一种重压落到我的思想上。

我曾不止一次地重读了《黑色太阳》①出版的一些美文:优雅而又激动人心,那些弯曲委婉的意义并非让人捉摸不透,我们的思想沿着它的曲线表达,陶醉其中,甚至不需要询问会被带到哪儿,就像哈默尔恩的笛子②。

在一直很喜欢他的布鲁索医生带领下,我去维勒瑞夫看望了他。他在屋子里接待了我,屋子很宽敞,充满阳光,但朝向下水道,也看得见带刺铁丝网和屋顶瞭望台(这是一个经常有轻微犯罪事件发生的街区,他曾经当过跳伞兵但不久潜逃了,也是一位优秀的登山运动员,有时候,他去朋友那儿不是走楼梯上去,而是从正面翻越上去)。他很彬彬有礼,近乎拘泥客套,也不拘言笑。他曾经给我写了很长很长的信,二十页,二十五页,我至今还保留着。我们对他住院的条件一点儿也不用担心,这个"疯狂的人"(?)只活在他的精神世界之中:一种平和、持续的放射活动,一种平静的轰炸,就像斯

---

① 1947—1982 活跃在法国文坛的一本杂志名称。偌丹斯基曾是这本杂志的合伙人。
② 德国的民间故事中的花衣魔笛手或译彩衣吹笛人,最有名的版本收在格林兄弟的《德国传说》。

德隆布利火山①喷发。

  出院以后,他会不定期地来看我,进屋后,他摆出一副夜禽的姿势,一动不动,且长时间地保持着沉默,我们的谈话进展并不顺畅。我其至都不知道他是如何被一家耶稣教会的家庭收留的,人家借给他一间房子,他还在一家车行工作了两三天,没有引起致命的事故。所有这一切仿佛过去很久了,还有很多疑问。但大家似乎觉得他还是很可爱的,几乎可以这么说;他也不主张大家提问题。他的所有信件都署名为朗斯罗。白天,他长时间游荡在雷努阿尔街附近,在那条街上,好像有个女人因为他而失踪,他认为她随时可能出现,就像《奥蕾丽亚》②里描写的一样,除此以外,他不等待任何其他东西。他也会谈到梅杰夫小镇,他经常去那儿的酒吧:一切(但是什么呢?)都在那里开始了。逝去的山谷在他的谈话中反复出现,如同有魔力的口令。他的话语中没有情感负荷,仿佛他直接观望着思想的运作。他无根无基,完全自由,但显得单调乏味,把一切都承担起来,——在静静的水中沉没下去,拖着沉重的脑袋。

  后来,他去了里昂,我想是他的奶奶接收了他。他不定期地从一家酒吧给我打电话——凌晨三四点的时候——用他深沉的嗓音告诉我,他在那儿,但这很快行不通了,在模仿酒吧的话语和墙壁的沉寂之间,我想象着一种奇怪的氛围,精神的失聪应该会渐渐地在他周围渗透,使得这个山洞如同锁住的潜水艇慢慢沉没。之后他再也没打过电话。

---

① 斯特龙博利火山是位于意大利西西里岛北部的利帕里群岛中一个圆锥形的小岛,为欧洲较活跃的活火山。
② 奈瓦尔(Gérard de Nerval, 1808—1855)的代表作。

＊　＊　＊

当我在敦刻尔克驻扎时，那时是 1939 年 11 月前夕，我住在罗森戴尔大广场上的一家药店里，有时候，我想象着这条细长的沙丘在 1914 年的战争中所蕴含的某种诗意，在《骗子托马》①中有所体现。每天下午，当我无所事事时——经常是这样：我们等待，因为我们处于戒备状态，随时准备乘鱼雷艇前往瓦尔赫伦岛②，我常常在马珞·勒·坂的路堤上散步，那儿停着救护车和一些炮兵部队的军用货车，有时海边会传来爆炸的声音，震耳欲聋：那是沙滩上搁浅的漂雷被排除了。于是我的脑海里会有一个顽固的念头萦绕着我：在海边度过一个奢华的假期，既参加了战争又可以避寒。我仍然记得冬日的太阳，北方灰蒙蒙的海，白色的沙滩，海边别墅的门窗都紧闭着——不止是门窗紧闭，所有窗户都用板子钉起来了，被这间断的、沉闷的爆炸声震得摇晃着，仿佛敲响了命运的三声警钟。但我在 1940 年的 6 月，几乎没有什么预感：甚至我为这种战争的无常将我带到海边而感到惬意。我想象着 1914 年的冬天，那些大海中的低舷重炮舰在灰蒙蒙的海浪中依稀可见，沙丘上是海军陆战队士兵，还有一些固沙植物，周边还有山洞、木板等构想出来的景象——比利时王后站在拉帕纳潮湿的海滩上，就像站在被治外法权保护起来的使馆花园里③——我不知道在这个狭小的、炮声四起

---

① 科克托的作品，主人公是一位著名的将军的侄子，参加 1914 年战争，后在敦刻尔克的沙滩上遭枪击而牺牲。
② 瓦尔赫伦岛位于荷兰境内，因围海造田逐渐与荷兰大陆相连。
③ 指 1914 年 10 月 15 日比利时国王阿贝尔一世曾率军撤退至拉帕纳，导致德国军队占领比利时。

的国际租界里是怎样的一种社交生活,如同在瓦砾中疯狂生长的野生植物:在依旧全新的别墅里有战地医院,穿着长裙的漂亮护士,黑碳般的双眼如玛丽·毕克馥,她们会在我们勇敢的伤员的怀抱里忘却了自己。穿着英国、比利时、印度制服的士兵——手杖、绑腿、卡文 A①——在堤坝的娱乐场前——陆军上校红褐色的脸、豪华的舒适设备——很接近印度装备,跟在英国部队的后面。单片眼镜的雅克·瓦歇,脸上燃烧着死亡的火焰,说道:"我们现在要跟着英国部队。他们已经远远超过了敌方的队伍,赶紧从这边。"北海的风,冰冷的,清新的,两场骤雨过后,海边沥青道上的水洼一直泛着涟漪,从不干涸。三点钟的公告就像一份菜单张贴在娱乐场厕所的门口,只有那一小块的角落是用来张贴战事新闻的,仍旧保留奢华,一种前线的约克俱乐部②,在那里,就像初入道的人都懂得如何让自己慢慢进入角色。哎,也许是我在胡编乱造,舒舒服服地梦想着这种诗情画意:对于战争,要知道给它制造一点束缚。尽管前线有它秘密的丽思卡尔顿酒店③,但大家相聚还是缺少了方便之处,当然,附庸风雅并不是生或死这样的问题,1914 年,一条看不见的暗线将科克多从巴黎引到这个沙滩的小角落,每天晚上海边坡道及其炮弹都会一直亮着光④。

* * *

在十岁到十二岁的时候,我曾有一个想法:一定要过上

---

① 一种香烟。
② 也即赛马会俱乐部。
③ 此处泛指豪华酒店。
④ 科克多曾在他的作品《存在之难》中谈到战争给他带来的影响。

奢华的生活,这个想法押宝在了波尔尼歇的娱乐场了,我每年夏天都有半个月的时间在那儿度过。在战争期间,我看见它关门了,它拱形楣上 Kursaal① 的招牌让人感到耻辱,也是因为这个招牌导致它的关闭。它只在某些做慈善的日子开门,也是为了战争的伤员,在这些慈善的日子里,我的姐姐和表姐会去参加由 C 神甫作曲的大合唱,C 神甫很虔诚,也很有道义,好像对拟声谐音非偏好。当我现在从改建的房屋前走过时,其中一首曲子的结尾就会从回忆中重现,那些音符像潮水升起一般逐步升高:

在海上——在海上——在海上
微风重新出现!

休战时,Kursaal 被整理,重新粉刷,重新开张并且改名 Casino 娱乐场:紧接着,举行了,我想,应该是一个审慎的赎罪仪式。这是一个很简朴的建筑物:在后面,并排的是一个酒吧和一间游戏室,朝向一片瘦瘠的草坪,周围是沙丘,我们还可以看到外面生长着一些细小的海洋石竹,散发着清香,然而后来由于度假者的采摘渐渐看不到了,背景上还能看到两三枝雪松,十分漂亮,使得它与别的住房分开。前面,有一个大平台,遮盖着布篷,能够俯瞰整个沙滩,外面通过一个台阶直接到海滩上,海风在船帆的劈啪声中阵阵袭来。五点钟的太阳下,当海水充盈,如同这个在风中咯咯作响的平台,没有什么使人很高兴的,平台向前突出,俯视着沙滩,四周被喧哗声包围,还有涨潮般的嘈杂声。但要说狂欢,那一

---

① 德国的设有赌场、剧院的游乐场、俱乐部。

般是晚上,放映电影的时候。

人们在平台上铺开一张帆布作为屏幕,面向大海:每边都还有一块神奇的呢绒布,当海水涨起,我们看见在夜的深处,一卷一卷横杠般的白色海浪魔幻般地升起又跌落,伴随着越来越大的雷鸣般的响声:这是大自然的管风琴乐,渐渐蔓延到另外一个场景,对于我来说增加了不少戏剧的情感:在仿大理石的小圆桌旁,我们喝着柠檬汁,几名女观众打着寒颤,蜷缩在大衣里,我有几次甚至认为是她们裹着被子。我一定是受到克罗利亚·斯万松、宝拉·耐格里①的电影的影响,甚至还有《纽约的秘密》:我至今仍保留着关于这些晚上的回忆,情不自禁,并且顽固地认为柠檬汁是奢侈饮料,在任何情况下都不应当放纵自己。我们晚上回家不是取道别墅大道——因为当时有一些穿黑色茄克衫的,应该是圣纳泽尔的年轻工人,他们骑着自行车,有时在凌晨还在喧闹,并且唱一些下流的歌,吓唬晚归的浴场女服务员——我们取道漆黑的沙滩,沿着沙滩返回,可以观赏到海边的灯光形成一条细长而美丽的项链,围绕着海湾。黑暗中,柏树的清香滑过卫矛篱笆之上,告之别墅的临近——接着门开了,冷杉的清新香气,同时也是假日的气息迎接我们;从房间的窗户外传来的海的声音变得更弱了,但夜的激情同海浪一起继续汹涌澎湃直到沉睡,这种沉睡是经历了白天的海风鞭打才得以到来的。然而,自从经历了儿童时期这些美好的夜晚之后,每次演出结束,对街道、出租车等的失望总让我觉得痛苦。

比这再早点的时候,也许是战争的最后几年间,我记得

---

① 两者都是好莱坞的默片电影明星。

那个时候人们给我们看电影,就像给我们展示那些经过训练的狗。一个集市艺人,在沙丘后面,沿着波尔尼歇广场边上,用绳子搭起一个四方形的场子,中间放上几条长凳和两根杆子,拉上一个屏幕:只需要花上几个苏,我们就可以在夜幕降临时观看那些奇怪的影片,那些电影,估计是由某个禁酒联盟没收的片子,没有人认领,不带字幕,在屏幕深处,主持人的声音讲述着,一个留着漂亮的、高卢式的小胡须的酒鬼推开小咖啡馆的门。

——他还去了小酒吧。

那个酒鬼把臂肘支在柜台上,反着手,玩世不恭地捋着他的小胡须,那嘬小胡须微微翘在他凶恶的犬牙上。

——给先生来四杯酒。

在简陋的酒吧深处,虽然在母亲的庇护下,小孩们还是哭闹起来。但是突然电影变得无声了,这是因为大家吃完了晚饭,在广场绳子的另一头的屏幕后面,出现了一些东游西逛的人,在吧台边,一个酗酒者沉闷的声音,不顾手上的木偶,直截了当地对着看戏的人大喊大叫。

* * *

依然是关于波尔尼歇:在我度假的那个时侯,我们曾在宽敞的别墅花园里用篱笆围起来一些沙松树,那时它们占据的面积比现在要大得多,路堤不存在了,被沙子淹没的矮墙只是将别墅的庭院和沙滩分开:一条高低起伏的小山道沿着庭院伸展过去,与种植着蓝芽草①的沙丘连成一片。我一下火车,嗅觉立刻变得比在其他任何地方都要灵敏,随着一

---

① 沙丘中的一种禾本固沙植物。

次又一次地经过林荫大道，嗅觉也越来越敏锐，林荫大道是一条山脊线，将这个小城分为香味浓郁的两个斜坡：一边是湿润的各种海藻，另一边是热松香——它们两个都使我鼻孔膨胀扩张，这是以前任何一种气味都没有产生过的。

* * *

对于每一个时代而言，文学都隐藏了人类一些很根本的东西。但是它所隐藏的东西又总是在不经意间和这个时代所普遍接受的禁忌相联系。但是不能就此说文学唤醒了下个时代的禁忌。

对于所有那些非常重要的时代而言（而不是那些最不重要的时代），时代最根本的基调从来都没有在文学中找到过回音：尤其是法国大革命和第一帝国时期。相反，在某些时代里，文学表现似乎突然神奇地把一个时代到另一个时代的发展变成了一个透明时刻，通过这个表现，某个世纪的一段正栩栩如生地在我们的视野下演绎：法国18世纪——伊丽莎白一世时代、德国浪漫主义思潮时代以及复辟时代。不管是这些时代被赋予的天才，还是对天性的倾爱者，都不能意识到这种时代的差异性：如果要用几个词概括16世纪的文学，那就是自发的、自由的、无拘无束的，16世纪的文学向我们暗示了宗教战争下的法国。然而相反，1930年到1960年间的法国文学如果过几年来看，却很奇怪地被一场并没有发生的宗教战争所占领着。

* * *

每次当我重新打开并翻阅收集起来的超现实主义鼎盛时期定期在传单、插页、格言、展览会目录、即时杂志、《超现

实主义简明字典》,以及《不合理的美化巴黎的计划》等上面
所刊登的那些零星的抨击杂文时,我都会被文章的某种灵性
所震撼。这种灵性几乎给刊物的每一页都提供了源泉,就像
是风,在吹拂了40年之后,仍可以将这个奇妙季节里的那些
新生的绿叶吹活、吹动。从来没有任何一场"运动",是被这
样一些绚丽夺目的堆砌物所推动前进的。这些堆砌物的力
量给予这场运动本身一个气候、一个季节。在这个气候和这
个季节里,艳丽的花朵只有在它的周围都被重新染成了绿色
后才会显得格外美丽。我不确定,可能曾经存在过一些流
派,它们拥有更多孤寂的天才。但是超现实主义的资本是一
场盛况,是一种多样化。在这点上,我看不到任何能跟它媲
美的竞争者。并且,这场美丽的盛况已经逝去,所有的山楂
树都已经长出了果实。而布勒东也已变成一棵孤单的橡树。
它形成了一片很大的树荫,并且把它的橡栗徒然地一点点洒
向光秃秃的大地。

* * *

基里科[①]把他作品的瞬时性定位在了两个瞬间之中;第一
个是魔法的符号造好、咒语说出的瞬间,第二个是杰利科的城
墙倒塌之时以及少女花园慢慢凋谢的瞬间。在50年之后,我
们才能理解基里科画中的拱廊和雕塑所形成的影子,从来都
不是反射太阳光线所形成的,而是在反射原子弹的蘑菇云。

* * *

这次重读《危险关系》,我感到有一点点失望。所有的成

---

① 意大利超现实画派大师(1888—1978),是形而上派艺术运动的始创人。

功或者说几乎所有的,都是在情节的巧妙和它精细的结构中获得的;在我们每次读到一个看起来无法解决的难题时,却不费吹灰之力解决,而是由一个没经验的新手,卑鄙而又多心机,阅读的快乐随之而来,尽管有时这种快乐很尖刻,主人公开始显得很狼狈,尤其是他那天生幼稚而狡猾的腔调,但是到了后来一切都变得简单了,就像哥伦布的鸡蛋,只需稍稍动动脑筋,而法尔芒满脑子只有他的事。作者一环接一环、扣人心悬的设计弥补了人物性格描写的不足,最后终成一场漂亮的空中杂技,没有安全网,却有让我们眷恋的一种激动人心,或者说更像英国驯兽师。

坦率地说,法尔芒给图维尔夫人的那些信很让人厌烦,我们可以跳过三分之一多的内容及几乎整个结尾。在爱米莉臀部上写信的那一段很优美,在我看来,它在我们的文学中是新颖而又尖刻的一段描写;就是从这里,我们"看清"到了法尔芒:一个享有特权的引领者,但有点精神错乱,我们把他看作是痴迷于进攻,偏执于赌博,阿廖欣①式的玩家,会因缺乏伎俩而感到窒息,但又善于制造麻烦,并以解决这些麻烦为乐。

精神快乐。描写普雷万三次情感经历的那封信被安插在小说的中部,就像放一面小小的凹透镜,聚集了所有的光芒,体现了小说精巧而短促的布局。

大家一定会说我漏掉了书中充满魄力的一面和对卑劣行径的揭发,尤其对这本书的狂热者来说,我很同意这种说法。但这不是我的错误,就像法尔芒说的一样,我认为这部

---

① 亚历山大·阿廖欣(1892—1946),俄裔法国国际象棋大师,曾四次获得国际象棋世界冠军。

作品的效力首先是丑闻，所以也可以说是其时政性，它很看重这样一个观点：一个社会客观存在的事实和让人相信不真实的事情之间的差异性已经达到了顶峰。这本书的命运，也许会随着时代的不同，在负重与卸重之间交替进行。它的读者将永远是维多利亚女王时代的读者，1966 年，这本书的火药味渐渐消失，书中追逐刺激的迂回已经不再同样引人入胜了。当图维尔夫人躺下睡觉的时候，为了更清楚地看到手持蜡烛的魔鬼，我们得靠得更紧一点。

* * *

重读《认识东方》，我好几次被一个很微小但同时又很有特色的主题的再现所震撼：那就是圣餐中的面包和葡萄酒变成耶稣肉体和血液的神奇力量，这种力量让克洛岱尔很着迷，以至于他常常幻想一些理想化的光滑表面：在《梦》里，白色的墙面被月光照亮了，等同于"神甫，因为有这支舵，才不怀疑他的小船被扔在这里"。渔民长时间地凝视了光滑的水面后，感到肚子里有根带鱼钩的丝线，轻轻地把他拖向"黝黑的河底"；在《悬空屋》中，月亮用一片刀刃将阴影割开，等同于"带着无限的谨慎"可以看见一个铜板浮现出来。在《祷祝未来》里，我们分辨不出四处喷射的这层水汽，我摩挲着漩涡的腹部和双膝；此外，这一主题使我想起克罗岱尔曾钟情于中国瓷器近乎完美的表面，尤其是各种瓷瓶的表面——显然它与天空的弯曲是一致的。

还有一个一直萦绕的问题需要大家阐释，但一直以来都奇怪地空着：马拉美的镜子，几乎在克洛岱尔的诗歌中缺失。为什么呢？

* * *

> 我想我比任何人都更了解瓦格纳能做的那些神奇事情,除了他以外,没有人长有游览那五十个极乐宇宙所需要的翅膀;就像我,我有足够的力量来让那些最大的危险和那些最难解决的问题向有利于我的方向转变,并且我正在变得更强大,瓦格纳是我一生中最大的恩人。
>
> 有一天,我一觉醒来竟然是在拜罗伊特⋯⋯那我睡觉前是在哪里呢?我想不起来了;就像是我刚刚认识瓦格纳的时候一样。
>
> (尼采:《瞧!这个人》)

今天,我们喜欢瓦格纳只能是身不由己了。

有多少反对他的意见啊!这些意见也令我们生气。他的最后一次修改工作带着无穷的善意,与其说是修改他的风格,倒不如说是天才的一个展示,这也是最无法让人忍受的一点。他曾经在下帝国的宫廷担任艺术司祭一职;浓浓的香水、僵直的丝绸、香炉、大典的锦缎、皇冠及皇权,还有晚年的情色掺杂着刺激的生香。更有甚者,他还承担了这个不光彩礼仪:艺术的朝圣(去拜罗伊特,我们有很多种方式:步行、骑马、开车、骑自行车、坐火车,真正的朝圣者应该是一步一俯一叩首。因此,在1897年初,开始流行阿尔贝尔·拉维涅亚克撰写的经典作品《去拜罗伊特的艺术之旅》)。他是第一个有人给他讲述弥撒的人,第一个在他和信徒之间扮演礼拜仪式中繁琐而必要的调和角色的人,第一个不是通过选择的方式而是通过祭礼的传授方式招收信徒的人。(没有人像瓦格纳一样来给我们反复灌输他的价值观点)。在夏多布里昂与奥科西塔妮安娜的交往和瓦格纳与朱迪特·戈蒂埃的交往来看,一眼就能认出对于主教圣事的触点的差异性,这对瓦格纳来说很不利。"神秘深渊",由库克公司负责的艺术三日盛典,对《帕西法尔》的保留意见,国王的疯狂庆典,"理查德·瓦格纳在威尼斯逝世的神圣时刻",黑色的丝绒贝雷帽和亚洲式的便袍,还有尾曲:拜罗伊特之页,沙·佩拉当、安德烈·苏瑞斯浓密的长发——这些都是荧幕上所描写的令人无法忍受的图像的一部分,我们的眼睛被这些东西迷惑了。他把自己的眼睛放在了适当的位置,或者至少,他没有做任何事情来让眼睛偏离方向。他的作品就像是一件加冕外套披在他和家人的身上。拜罗伊特的成功,和卢尔德①的成功一样迅速而令人震惊(在瓦格纳的作品里有些东西特别吸引冉森派教徒:想想已故的阿道夫):一定要来经常来这里,经常造访这里:没有人会像瓦格纳那样一直坚持着希望可以给您奇迹。他曾期望自己的荣耀永存!今天我们在十字镐的挖掘中来寻找他,结果什么也没有。他就在那里,他一直在那里,但是他不再在拜罗伊特了。

我们还是谨慎一点。几乎所有我们对瓦格纳的反对都不是针对他本人的,而是针对拜罗伊特。不是瓦格纳落伍了,而是拜罗伊特过时了。正是源于他的这部分造就了拜罗伊特,而且在建造好它之后,又过分担心如何在拜罗伊特接受荣誉,如何对待荣誉。

艺术的瓦格纳是一个想成为祭祀礼仪组织者的先知。他是第一个敢于跟我们这样说话的天才艺术家:不要去欣赏一切,但你们必须知道在哪儿以及如何欣赏我,这就是你们对欣赏的理解和得到恩赐的意义:这就是我如何为你们代

---

① 卢尔德(Lourdes)是欧洲著名的天主教徒的朝圣之地。

言。我们走进拜罗伊特,握紧坚强有力的拳头:"闭上眼睛,跟我走——在这里请取点祈福的水——现在我们把头低下:这就是升华了。"瓦格纳在他作品中将听众的自由压缩到极限,从来都没有人像他这样希望极度拥有他的观众。他戏剧艺术被加载了各种规定、示意、警告(主旋律:行家只需瞥上一眼就能将开小差的听众召唤回来)诱导。也许他沿着自己的坡道。这是一个了不起的教育天才。瓦格纳一直都做的事是想培训、管理、揭露、限制、教育、培养。在他身上曾经有一种乐队指挥的气质,而这种气质从来都不曾向音乐家屈服。

在以前的那些最伟大的艺术家中,他也许是最接近那种让我们着迷的现代"妩媚"的人了:缺乏风雅而又具有挑衅的情趣,以此否定自己,继而又自我升华,让自己飞向充满"神圣魔鬼"的天空,他的轮廓清晰分明,具有令人窒息的美,一种我们私下谈论女人所特有的暧昧且强大的诱惑力。音乐变成了喀耳刻女神。尼采已经说过了。对于他所有巨大的诱惑力,人们不大承认这一点,因为他的秘密几乎就是私情的秘密。瓦格纳的音乐是痉挛性的本能的技巧,正是因为缺少灵魂,是单调、狂热、无法容忍的重复相同的经历(伊索尔德的死亡、《帕西法尔》的幕间插剧、《罗恩格林》的前奏、《莱茵的黄金》的前奏)。没有什么可以导致这样可怕的紧张。同发生在瓦格纳身上的一切相比,奥林匹亚①或者是梅萨林纳②又能算什么呢?但同样离开了他,我们毫无乐趣可言。瓦格纳对一切都无动于衷,尼采的那些残酷的嘲笑为他多年来感性地顺从于他的老情人而打抱不平。但是一直到《卡

---

① 奥林匹亚音乐厅(Olympia)是法国巴黎的一个音乐厅,位于巴黎第九区嘉布遣大道 28 号。
② 此处指梅萨林纳摇滚乐团。

门》事件①的出现,在他辛酸而又公开的感情中,他得到了解放,我们能够感受到《帕西法尔》中缠绵而又毒化的温情,使人精疲力竭。也正是通过这一切瓦格纳确信他的作品不会被诗人遗忘。

瓦格纳的作品从来都不是新颖的。它们的诞生看起来就像带着铜锈,带着距离,带着它自己的朦朦胧胧,带着一种倒退。在永远都无法听到声音的黑幕上,会让人感受到一种突破围城的庄严,不是突破希腊帕台农神庙的城门,而是迈锡尼城门或是克拉克骑士堡②的城门。他的作品如同在荆棘堆上搭建了一排庞大的黑幕,在自己周围散发着丛林的侵袭,紧密地相互混杂,相互渗透,就像是在吴哥窟一样。他的作品轮廓很混杂并且难以确定,既有风景作品又有环境作品,相对其他的音乐家来说,瓦格纳对很多东西都要腐蚀、理解、吸收,甚至"瓦格纳化"这些东西。瓦格纳的光晕,就是原始森林的喃喃细语。

"于是,他从森林深处的细语中走了出来,眼睛掠过如此多的东西,以至于我没有必要给那些尚未见识过大自然原野风景的人再做描述。"在此,瓦格纳又重新开始了,在经历了一切被称为爱的苦恼之后,他音乐的节拍,哪怕混杂在最混乱的声音之中,也会无限上升,同遥远天边的大海的波涛声融为一体。

* * *

---

① 《卡门》系法国音乐家比才(Bizet,1838—1875)的歌剧,尼采曾撰文"扬比才抑瓦格纳",这也是尼采和瓦格纳产生分歧的开始。
② 克拉克骑士堡(Krak de Chevaliers)是一个阿拉伯十字军城寨,为公元12世纪十字军东征所建设最大城堡,著名的医院骑士团曾常驻此地。

《鲁滨逊漂游记》：与梅尔维尔、康拉德、史蒂文森相比，这是一部业余者的作品，在那些描写大海的故事中，我不知道为什么，业余者的作品总是很难以让人接受，比如对海岛植物的众多细节描写，总是让人产生怀疑并且发笑。

　　但是，笛福玩了一个谁输谁就赢的游戏，也许如果说这本书没有一种极度天真的外表，它也不可能成为一部成功的作品。最终鲁宾逊的性格成了故事的兴趣中心，书中最完美的一段是打枪的那一章，这也许就是对一个孤独者的自画像的描写：公山羊皮和鸭舌帽、阳伞、背上的背篓和肩上的鹦鹉——仿佛一片乐土中的圣诞老人，在那里一切井井有条，甚至吃人肉也不会让人害怕，在那儿特巴依德中的约瑟夫·普鲁多目用恩泽的神光打败他的对手，让我们想起众多德·塞古夫人的书籍。

　　这本书使人想起的不是清教徒的时代，也不是中美洲群岛野蛮的海上战争，而是18世纪的启蒙主义，克鲁索让我不可避免地想起好好先生理查德[①]，他的技巧、他的"哲学"宗教、他开阔的眼界、他细心的勘探计算、他卢梭式的乐观。他坚信所有的一切都可以处理妥当以及亲兄弟明算账的信念。在笛福身上，也有博马舍的影子，我们可以猜想这是一个文字的高手，成功地把自己隐藏起来，灵巧地抛出一段文字，嘲笑怪诞的、爱指手画脚的法国人（指加拿大海船的遇难事件），用英国国教使者的话来说，将热带的伊甸园沉没在圣经的海洋里——并冷冷地撩起了这样一幕哀婉的场景：在大自然的纯真无邪中，善良的、未开化的人和懊悔的卑鄙之人

[①] 指理查德·桑德斯（1706—1790），本杰明·富兰克林曾用此笔名发表著名的《穷理查年鉴》。

都跪在上帝面前,沉浸在一个"好牧师"的降福之中,据《百科全书》记载是这样。

然而,还是有很多的新发现啊!有时候用苦涩的眼光看看人类,而不是卢梭式的思想,沉浸在"大自然中心"的人类,从构建他的马其诺防线①开始。鲁宾逊在沙滩上看到人类的脚印,极度害怕,在小岛上想一个被围捕的猎物乱窜,每跑一小段就要回头看看,因为他觉得在每棵树的后面都有一个人——他的同类,这样的噩梦如果是真的话就很美了。必须承认,有时候天真的克鲁索也会让我们感到害怕。这就不再是卢梭也不是博马舍了,而是斯威夫特②,这仍然是故事的一个相当漂亮的开端。

* * *

在我们的文学里,有个很独特的现象:反映青少年时期烦恼的诗歌作品几乎都是出自于宗教学校(蒙特尔朗、佩尔菲特、莫里亚克);但是反映童年时期的诗歌(柯莱特、傅尼耶、季洛特、拜尔格)都是孕育在政府公立学校中,这些学校不强调个性化,强调朱尔·费里的教育世俗性,后者可不会对全法国的城镇教育慷慨地贴现的。

* * *

一种关于保存艺术活力的法规面世了:随着批评的强度加大,作品的总量似乎在减少,最终(新小说就是如此)文学

---

① 马其诺防线本指一战后法国在法德和法意边境建造了一系列防御工事,此处比喻人与人之间互相提防,互不信任,保护自己。
② 乔纳森·斯威夫特(1667-1745年)英裔爱尔兰作家。讽刺文学大师,以《格列佛游记》和《一只桶的故事》等作品闻名于世。

作品意识到它的非抵抗性,于是按照它原本的模样出现,并为文学批评提供一个正规的形式:此所谓预先消化。

* * *

卡斯蒂利亚①的一次简短旅行。九月份,天空阴暗,天气凉凉的,带着潮气,在托莱多②看斗牛。埃尔维提的第二头公牛被剑刺中了(我想象是这样),但是它一直保持着站立的姿势,斗牛士竭力使牛倒地,没有成功,牛的头颈部不停抽搐,像要喷血却没有喷出来。这场景在斗牛士助手面前持续了两分钟,而斗牛士则一动不动:他不愿意一开始就这样杀死牛而丢失了自己的虚荣。而人群中,几乎全都是西班牙人,面对这场令人难以忍受的表演,慢慢的像是结了冰一样一动不动:大家还是给了他一只牛耳③仅仅只有三、四次的掌声,像是潮湿的炸药的声音——斗牛士恼火了,在人群中盲目地摇晃着牛耳,然后离开,头始终抬得很高、很直——却带着一张很红、很生气的脸。

西班牙式的栅栏随处可见:窗户边、小教堂边、修道院周围、圣母像旁、神龛甚至女人们的周围。蟋蟀笼子也是这样的,只是它的小洞都被封起来了。还有十米高的耶酥受难雕塑晚上用栅栏锁上,还有托莱多大教堂上面钟楼的栅栏,在离地面60米的上方:这里我们并不拿它跟巴黎圣母院的塔

---

① 卡斯蒂利亚(西班牙语:Castilla),或译作卡斯提尔,是西班牙历史上的一个王国,由西班牙西北部的老卡斯蒂利亚和中部的新卡斯蒂利亚组成。它逐渐和周边王国融合,形成了西班牙王国。
② 托莱多(西班牙语:Toledo),西班牙古城。
③ 如果一名斗牛士的挑逗、动作、刺杀等全过程表演让人们感到非常满意,全场观众都会为他挥动白色手帕,主席团主席在看到有八成以上的观众挥动白手帕之后,将会决定给予斗牛士获得一只牛耳的奖赏。

楼相比。

　　让我震撼的是：托得西拉斯和阿坎尼斯的那些迷人的小广场。在托得西拉斯，胡安娜女王①的斯频耐琴成了一苏的玩具。在托莱多圣克鲁斯济贫所，唐胡安指挥勒班陀战役②的军旗——给人留下美好的回忆，而且比我构思的海军指挥所的地图室③更漂亮。在卡斯蒂利亚的公路上，开车走在任何地方，看到的大地都是一样的。在阿兰胡埃斯、在萨拉曼卡、在纳克兰哈，对熟悉巴黎大区的一草一木的我们来说，所有的都是凡尔赛宫的移植、模仿，突然眼前会出现异域风光，就像这些黑人大厦，矗立在用栅栏围起来的草坪中，却被血色和金黄色相间的战旗划上了残酷的刀痕。

　　丑陋的埃斯科里亚尔修道院④——既不宏伟，也不像我之前想象的那样阴沉，更像一个大型的消防人员的营房：周围松林下的植物在太阳下烘烤着，发出噼里啪啦的响声，如此强烈，以至于每时每刻我们都希望看到红色的汽车从这里驶出去。

　　在卡斯蒂利亚的卡比尔村庄里，在一大捆尘土飞扬的用打谷机打过的小麦下面，一切都是金黄的，就像是我在泡沫中看到的圣盖诺累的屋顶。

　　"活着，让别人也活着"：在这儿，似乎没有人对这感兴

---

① 胡安娜（1479—1555 年），出生于托莱多，是卡斯蒂利亚女王。
② 勒班陀战役（1571 年）是欧洲基督教国家联合海军与奥斯曼帝国海军在希腊勒班陀近海展开的一场海战。神圣同盟舰队由西班牙国王腓力二世同父异母的弟弟，西班牙指挥官唐胡安（Don Juan de Austria）统领。
③ 指格拉克在他的小说《西尔特沙岸》中构思的一个情节。
④ 埃斯科里亚尔修道院位于西班牙马德里市西北约 50 公里处的瓜达拉马山南坡。修道院被一座用灰色花岗岩建成的 4 层楼房所环绕。长方形的四角上，各耸立了一座 55 米高、尖顶上竖立着一个金属球体的 7 层角楼。

趣。到处都可以感受到不自在，表面上的不自在，我感觉不是很好，没有我期望的那种诗情画意。

花朵没有芳香，也没有温情，但是它们给人情欲、感性，如同公牛黑色的鼻尖下面伸出的舌头一样，向尽头延伸。在这里，我们听得到水流的叮当声。美妙之极！

* * *

这些作品没有片段，没有结构，只有光辉灿烂的内容——但是这些作品的能量全部都存在于它们所有内容的强大孕育之中，就像一个封闭的花瓶中的香水——每一次揭盖都能让人感到香味的冲击，这是瞬时的膨胀扩张，充斥着我们的内心深处：这就是"看不见的麝香颗粒隐藏在我们的永恒深处"

* * *

如此的评论有点让人担忧，只会评论作品的内在性，就好像是他自己创作的一样：我把这种评论称之为"归并评论"，就像坠入爱河的女人声称完全了解男人，但是除了他勃起的感觉。

* * *

任何一个精力充沛的政府也有让它棘手的事情：其意愿的享有者只能忍受腐败的政府。然而还必须是一个鲜活的肌体。在俄罗斯日薄西山的过程中，我们看到了罗曼诺夫王朝、罗马帝国的兴衰，有一种道不出的惊恐、野性和世界末日的悲惨。18世纪的法国，曾经如此吹捧，但随着太阳王的陨落，我们看到了在他天底显现出的德行，纯净并光芒四射，像一个小小的断头台。政治事务方面,所谓最高贵的堕落,对我来说就是提埃波罗画笔下和哥尔多尼戏剧中的威尼斯。奢华生活中最美丽的花儿都在这个尊贵的威尼斯共和国①的渣滓上长大:这曾经是一个绝妙的时代,在历史上它可能都是独一无二的。在这个时代,所有的一切都坚持到最后一刻才衰弱下来:宫殿、美术馆、苦工、总督、修道院、元老议员、那些漂亮的面具、贡多拉船夫、渔夫们等等,都如此轻巧,如此高兴,如此亲切地相互述说着美好时刻的精髓,没有徒劳的恐惧,没有历史性的孕育,没有神秘的梦想,没有蠢笨的话语——没有法布里休斯的激烈的言论。波拿巴却一脚踏了进去,于是这个精细美妙的霉点开始慢慢消失了,就像森林里的蘑菇,被鞋底一踩,爆裂了,变成了雾气里的一团泡沫:年老的威尼斯总督毫不客气地将传统的总督角帽替换了下来,并没有将他的事业托付给将来的复仇者,没有血,没有悲剧,一切很自然,我猜想,仅仅只有老熟人之间不易察觉的诀别的微笑:善良的人们告别了这美好的时代。此后,一切都不存在了:在威尼斯,留下的仅仅是宁静。其实我很喜欢这样的状态,就像人死了却并没有留下遗嘱!尤其对威尼斯共和国而言,拥有了亿万的杜卡托②和无数的回忆与纪念,还有拜占庭的委托遗赠③,它保留了如此多的东西,继承的财富比奥地利还多。

在另一端的耶路撒冷,说它是历史的彗星,因为它的历史不断浓缩几乎成了一条正在燃烧的长长的航迹,被安置在

---

① 威尼斯共和国是意大利北部威尼斯人的城邦,以威尼斯为中心。它的存在时期由8世纪直至1797年。其名称的拉丁语意思是指"最尊贵的"。
② 旧时欧洲几国通用的古金币名。
③ 指威尼斯由于其交通、贸易等便利而成为东西方文化的使者。

它那烧焦了的丘陵上面,就像一个安装在发射装置上的火箭,紧紧地挤在它旁边的是矮小而饥饿的国家——皮提亚城,一个狂乱的城市,对未来充满恐惧的城市,死死咬住压着它的脚,在自己身后抛撒经过煅烧的城墙石头,就像杜卡里恩①把石头抛向自己的背后,它总是处在歇斯底里的边缘状态,在蝗虫雨和火山喷发的发光云之间,一直是不停地重新站起、祈求、揭露、责骂,语言毒化它死后的世界,这是难以遏制的历史事业的发明者。

* * *

布列塔尼之风光

对于那些决定走马观花穿越布列塔尼地区的游客,会抱怨说布列塔尼完全不符合我们从以前的书籍中得到的约定俗成的观点。事实上,法国几乎没有什么地区是可以快速游览的,他们的抱怨没有多大的意义但也合情合理。对于布列塔尼而言,对于我们也一样,时间总是过的太快,布列塔尼人并不否认这一点。如果要否认的话,那她就不会生活在众多的回忆和传奇之中了。短粗木棍、纽芬兰捕鳕、风笛与双簧管、小淘气与小精灵、夜间的白鹳鸽,所有这些图案在埃皮纳勒的民间版画中都有体现,看起来微不足道,从来也没有很辉煌的瞬间,但现在重新放进了民俗博物馆,这样就很好啊;最主要的是,底蕴厚重的布列塔尼与秀丽如画的布列塔尼从不相提并论。布列塔尼的乡村脱胎换骨,面貌一新。以前在让·朱安地区用树木围隔的田地一片一片地消失了;到

---

① 杜卡里恩:普罗米修斯的一个儿子,他与妻子芭拉制造了诺亚方舟,并乘着它在宙斯引发的大洪水中逃生。后收到神谕,往背后扔石头,石头就变成了人。

冰岛渔场捕鱼的布列塔尼渔民使用的双桅帆船早就机械化了；卡杜达尔①的家乡已经变成了法国最先进、最具战斗力的农工联主义的故乡了。透过平淡的田野和麦浪，我们到处都可以辨认出依旧贫穷（但已不是那么贫穷了）的艰苦劳作，但完全不是老一套的方法，更不是屈从的方法，而是一个团结坚定的民族、沉思而又冒险的民族，从不抱怨自己的困难，疲惫的时候会互相鼓励，有时会用一些比蓝色波浪的歌曲更强烈的烈性酒。

因此，来菲尼斯泰尔省的目的不是为了寻找奥西安的欧石南或者苏格兰或科尔努阿伊的宁静，虽然我们可以说它是法国最人性化的一个省。当我们走向庞马尔的海角处，用树木围隔的田地一块一块并行排列着，整齐得如西北风横扫而过，同一群群不高的房屋连成一片，一直延伸到海边，如同半岛上的一块绿地，散发着清新，然而在十一月的浓雾下，晚上六点钟，如果我们沿着教堂边的海岸散步，能听到晾在房屋后晒干的衣服被风吹的连续不断的噼啪声，雾笛声被罐头厂的汽笛所代替。今天的布列塔尼并不是我们想象的那么一个简单的形象。这里不再荒无人烟，而是人口稠密，到处散发着生命的气息；这里也不是阴沉暗淡，虽然能感受到同勒内一样的忧郁漂浮在荒原上空；布列塔尼主要的生活色彩是白色，源于她的房屋都是用生石灰涂刷的外墙，几乎和希腊或是安达卢西亚②一样，据说，这种设计意图是想通过雨水的散落让我们明白，白色也能成为表达某种悲哀情感的颜色。当然，这些惊奇的说法对于当今信息完善的旅游业来说

---

① 1771—1804，法国西部保王党人首领。
② 安达卢西亚是组成西班牙的 17 个自治区之一。首府为塞维利亚。

不是很重要了。但在布列塔尼人的灵魂深处,某种私密的情愫正在涌出:那就是坚毅刚烈的性格将勇敢地面对所有的腐蚀者。

不管是山脉的混沌,还是喀斯地貌的裸露,到处都显出苍虬多筋、弯曲多结的嶙峋,说的不雅点就是"骨瘦如柴"的感觉,这就是布列塔尼的风光。同诺曼底地区相比,称不上一方沃土,只能算是一个骨架。站在海姆镇的默奈①山顶,朝向黑山的方向,我们可以看到沉重的山脊就像鲸鱼的背,被砂岩残石削凿得凹凸不平,分割成一块一块。在普卢马纳奇,到处能看到阿尔普②的雕塑和唐吉③的绘画中所表现的风景,那是一种被海水腐蚀的裸露,仿佛海水的作用就是吞噬海底深处坚硬的东西:臼齿、脊椎骨、髋骨、跟骨等。而人类从陆地上得到的东西也与人类保持着某种更亲密的关系。这里无处不存在着时间或空间的历程:房屋、耶稣受难、教堂。对于人类与大地的关系,只能说连接的脐带还没有切断。甚至现代的房屋也表现出初级的特点,从该词的完整意思来讲。没有楼层,水泥石板的保护层有一半埋在地下,两个房间都是裸露的,窗子由未加工的花岗石作为支架支撑着,两个烟囱被连接在两面石灰墙的墙角。到处是标志性的建筑物,是这片土地上最富才华的一种体现:竖起的糙石柱,这个最原始的创造物在后来的这么多时间里,一切皆尽人意,甚至宗教也顺受了,布里纽岗的糙石柱就被基督教化。一片细腻苔藓,灰黄色,很强的黏性,长满了这根糙石柱,在

---

① 法国布列塔尼地区的山地,位于北滨海省。
② 阿尔普(1886—1966),法国画家、雕塑家、诗人。其艺术风格属于早期达达主义和超现实主义。
③ 唐吉(1900—1955),美籍法裔的超现实主义画家。

这个骨骸似的建筑物上甚至没有一点断裂,对于它来说,自己的足印和历史上一个又一个时代的脚步交织在了一起,在一种道不出的本能的引导下,凝结着根基、朴实和永恒。很快,风和盐的腐蚀物就会把这里的装饰物变得千篇一律,只需要看看托诺昂的耶稣受难像,在逆光下投射到道尔希沙丘就成了黑色的框饰,耶稣受难像的残肢竖立着,有一半已经被盐侵蚀了,就像是船残骸上的帆缆索具被铁锈侵蚀一样。原始的悬岩,海水冲洗的暗礁,大海就像一个大吸盘吸吮着这些石头的棱棱角角,在这块土地上,基督教艺术中最具意义的创造物达到了至高点:在布雷班,在吉米利奥,教堂的围地从神的房屋、坟墓、耶稣受难像、骸骨堆等一直延伸到海边的石头浅滩上,如同一个神圣的围栏,水泥黏合的粗糙拱形可以抵抗暴风雨,坚硬如花岗岩外壳。

　　布列塔尼有它的坚固性,也有它的无政府性。不知道是什么没有完成的事情或某种临时的东西眷恋这这块土地,就像人,来到这儿不算早,却定居在这块土地上了。在勃艮第,在图兰,据说,那些小镇、村庄自古以来分布在河谷的河流交汇点上、山脊的凹陷处,这是必然的:有规律的布局,但又错综复杂、根深蒂固地像链条一样纠结在一起。法国小镇大多以稳固的根基和近乎核聚力的力量为特点凝聚在教堂钟楼的周围,而这一点在布列塔尼的教区几乎没有。教区的围栏是不规则的,经常被看作是教区的中心,种满了草,是一个比广场还要空荡的地方,在公共洗手间附近,是一排花岗岩的浮雕,周围峰峦起伏的斜坡上,零星散落着一些房子和牛羊。当我们渐渐靠近大海时——海边的房子的确也越来越多——简直就像一次大溃散:先前稀疏分散的人群为了来看一场暴风雨或一场海啸之后的惨景而纷纷上路,有的人快,有的人慢,还有些人更是乘侦查艇或是汽艇登上了小山丘——一切都在诧异和惊愕中凝固了:连这儿的房子不是用来使用、睡觉,只是为了观看。这儿总有看不完的东西。

在此,我们引用克洛岱尔评论日本时的一段话来评论布列塔尼,也不是毫无道理:"生活中总有些事物出现,有些消失,有些向上升起,有些向下降落,有些冒着烟,有些蜷缩在一团,有些把自己包裹着,有些暴露着……一个可以读懂的心灵,一张包含所有表情的脸。这是一场表演,表演的主角是戏台的帷幕。"半岛上的气候让人分外惊奇,甚至在八月生涩的阳光里,除了可能天上有一点转晴的苍白,我们无法分别自己是在科利乌尔①,还是在孔卡尔诺②,或是在卡西斯③。当然了,这儿也会有黑色的月份,狂风大作,吹打着房屋,就像鞭笞牲畜一样,或者,连续几个星期,人的神经都因门噼里啪啦的撞击声而颤抖,还有浪花、云雾的交织,透出一丝温柔的光线,时刻都要面临消失的可能,这种银锡色的反光就是远方海边如同白雪的反射,自下而上,没有一粒黑色的颗粒可以划破这道白光,几乎每一天世界都如同清洗一新,展示着狂风过后海面短暂的美丽。

大海,当然有它侵略性和善变的一面,而大地,到处被它占领、吞噬,甚至到了内陆好几里的地方还在大海的依仗之下:阿摩尔④。这是一个充满严峻的大海,还带有一些最不让人安心的特征,如救生艇永远都不会停止工作,"布列塔尼

---

① 法国朗格多克-鲁西荣地区、濒临地中海的小镇。
② 法国布列塔尼地区的一个海边小镇。
③ 卡西斯(法语:Cassis)是法国普罗旺斯-阿尔卑斯-蓝色海岸大区罗纳河口省的一个镇。
④ 意思为"海边的陆地"。

营救与治疗协会"在甲板上会放着面包。这还是一个仙女般的大海,有时候是一个恶毒的仙女,充满了奇迹,比如,她将石灰槽推向海边,或是罗努瓦的特里斯当的黑帆。最好在冬季的深夜去听海,道尔希岩石被海浪拍打的隆隆声,在距离二十五公里外的坎佩尔湿漉漉的街道上都能依稀听见,像是放炮的声音。任何人在看了这个海很久之后,都会流连此处,不会再想去看别的了。尤其是看到布瓦和拉兹海角向大海延伸,在本马尔荷,从远处望去,海水翻滚的泡沫凶猛地拍打远处的房顶,如灰白的雪花,而在布莱斯特朝向洛斯康韦尔方向,莫尔加的晨曦之下,大海欢舞着,在普卢马纳奇,漂亮的泡沫欢腾在岩石花园里。罗歇-尼米埃曾写道:"布列塔尼的美妙之处就在于这里,没有要参观的纪念性建筑物。"如果一定要布列塔尼选择的话,它会选择尽量不要参观布列塔尼,而是在要离开它的时候,希望能回到这儿生活,耳朵贴在深邃的贝壳上,倾听大海的声音,她的声音是通向大海回廊的回声:海、风、天空、光秃秃的大地,别无他物:这里是灵魂之乡。福楼拜在《萨朗波》中曾写道:"凯尔特人,在一个多雨的日子,在一个布满小岛的海湾的尽头,惋惜三块原始之石。"

* * *

我曾经不止一次地问自己,罗斯科夫的魅力在哪儿呢?而且我每次都能感受到相同的魅力;这个城市很像女性——"没有任何特别之处"的女性,或者她给你一个甜美而神秘的心灵暗示:我们可以生活在这里。

我很清晰地记得,教堂周围那些非常挺拔的树木,依稀可以看到钟楼尖顶,道路两边种满了柽柳,我和T一起散步,太阳一下山,刚劲的寒风拍打着花岗岩护墙,我还从未见过如此让人振奋的寒风。

与此相对应,潘波尔的丑陋,在我看来让人难以忍受,这种丑陋本身就能让人明白到冰岛渔场捕鱼的渔民在海上死亡率的节节攀升:他们不希望看到这样的景致。

* * *

在科唐坦半岛北部的海岸上,在瑟堡和阿格之间,某种盎格鲁-撒克逊的气息已经飘落到了这海岸风景中:斜坡上长满了叶面光滑的蕨类植物,让人想起康沃尔郡,叶子茂盛的绣球花,漂亮的花岗岩小石屋的弓形窗户,还有到处弥漫着的青树绿枝的清香和雨后的潮气,当我们转悠到奥蒙维里-拉罗格小镇时,篱笆之间的小路十分蜿蜒迂回,也很英国化。整个海岸很像英国的驯马场,仿佛被短而密集的毛皮覆盖,散发着健康的光泽,就像纯种马鬃梳理过的,矮小的白石墙则很像围场的白栅栏。

* * *

没有什么比夏日的清晨更清晰更有魅力了,说来十二年前,一个夏日的早晨,我一大清早就离开了马扎梅市,我慢慢地爬上了奴瓦尔山的斜坡,然后又去了安妮塔的峡谷,穿过了奥达尼布勒的森林。早上八点钟的太阳照进了越橘树和桑树相间的灌木丛,阳光让道路旁的两行湿漉漉的苔藓闪闪发亮,拂拭着森林,温柔得如女人盘挽自己的头发。阳光穿过林中空地,小小的,嫩嫩的,一个接着一个,如此清新,如此有朝气。在每个空地的深处,我们都可以听到布谷鸟唱歌。每到一个弯口,都把我推向更高,沿着这条布满洗礼的露水的果树丛林，呼吸变得轻松了许多，在北方，在越来越远的地方，透过雾气之帘，我们看见卡斯特埃辽阔的平原在大地上延伸开来，弯弯曲曲，我仿佛上升到了清晨的王国。

* * *

徒步旅行穿过索洛涅区的努昂镇。这个地方像一个野生公园，风景多变，灰白色的泥沙路向各个方向延伸，直到完全的僻静处。各个方面都显示开放、和蔼的面貌，这里到处都是桦树，轻盈的轮廓映衬在天空下，比其他任何树木都要挺拔，时而与孤单的栗树相连，时而与大片的青枝绿叶打成一片，缝隙中夹杂着清亮的蔷薇花，时而也和幼小的冷杉树连成一片，有时，会看到雷斯达尔①画笔下的橡树用它低矮的树枝向前拉升着。树干与树干之间，是遍地开花的欧石南，形成了一条紫色的毡毯，一种火焰状的红棕色刷毯。林中为打猎开辟的一条小路消失在一片矮树林和茂密的山蕨林中。偶尔，也会看到一片黑麦或是玉米的田野，不断扩大，就像是被疯狂生长的麦浪拍打的一个珊瑚岛，为了防范猎物的侵入，还用铁丝做了一个铁架和稻草人，小心翼翼地守护着这块田地。几乎就在我们脚下，从羊肠小道的角落里，到处都会突然飞出一群野鸡，扇动着翅膀，个个气喘吁吁，发出轰隆隆的叫声，就像发动了摩托车一样。野兔则蹦蹦跳跳，草丛中摇晃着小小的尾巴，红色的小松鼠从一个树枝跳到另一个树枝，像一条软软的蟒蛇，一会儿就消失了，小刺猬用它的尖嘴缓缓地、机灵地翻动干枯的树叶。每一次的徒步旅行

---

① 雷斯达尔（约 1628－1682），著名的荷兰风景画家。所有作品的主题都集中在描画风景尤其是森林的景象，擅长于描绘树叶尤其是古老的橡树。

都会变成一次寓言王国的漫游,蜿蜒的小径能让你很快迷失方向,把你引入一个动物栖息的世界,我们的心砰砰地跳着,走向每条小径的尽头。人在这种充满野性的地方走过,在很短的距离内,会释放出一种很微弱的冲击波,很快就消失,如同大海中船的航迹。总的说来,这种黄昏时刻的散步,伴着晚霞和斜阳,是很惬意的,见到的景色也是我所见过的中与伊甸园最相似的。

只有在这里和那里,当我们沿着冷杉林散步的时候,风海在树枝中乱碰乱撞会带回一种远方的感觉、疆域的感觉、别处的感觉、一种瞬间会碰撞心灵产生我们在野生花园中曾有的喜悦与呵护的情感。更有甚者,在这个怜爱的孤独中,孤立的松树还带来了一直聚集在它身边的这个悲怆而昂扬的光环,这让我们感受到了武功歌的诗人,松树黑黑的,一动不动,像一个站立的人,在这个混乱而又纯真的生命当中,守候着,忙碌着,回忆着。

第二天晚上又朝向玛玺理徒步旅行,这次是在索洛涅的池塘镇。不时地,在矮木间、在混乱的树林中、在玫瑰花丛中,沿着大路,一会儿是一片平坦且修剪得很好的草地,一会儿是一座红砖垒成的小屋,或者在大道边白栅栏的尽头一间白色狩猎小屋,一会儿出现,一会儿又消失了,像是白云蓝天中的一道蓝光。只有一条细长的私家小路,穿过两个灰白色的石墩,可以通往大路了,这条路同时也连接了打猎的小石屋,在树的掩映下,很像一大块地毯,或者是密集的荆棘丛,或是野鹿的吃草屋,或是野猪巢。令人感到奇怪的是,这里的猎人都按照兔、狐等动物的洞穴的样子来布置自己的栖所:我们从路边只能看到一个很小的出口,而且还被遮掩着:两条灰沙的车辙印被一长条草分开,车辙印很快带着桦树林的一片清香消失在第一个拐角处。这是一个自我封闭,自我蜷缩的地区,如天空中的云朵,亦幻亦真,走过它,就像大个子莫林①走向神秘消失的城堡:阳光在树林后渐渐消失,远远望到的草地上的牧羊女也很快消失在茂密的灌木林中。

* * *

松木镇国家种马场位于阿尔让坦市的莱格尔大道上:这是一座马的城堡。当我们到达马场时,将近早上九点了,地上的草还是湿漉漉,好几匹佩尔什马彼此挨着站在马场的台阶上,每一匹马头旁都有一位穿驯马制服的马童,就好像大户人家的公子身后跟着一个仆从。城堡的尽头是一片神话般的草坪,银白色的光线清晰地勾勒出它的轮廓,简直就是贝洛童话中的城堡:人们不禁想起带扣的靴子,翻领黑大衣,尖尖的高帽,这些在电影《美女与野兽》里也出现过。小径上的草是刚刚修剪过的,没有人走过,只有这支令人惊叹的车马,显示出荷兰海上马车夫的气势和莫里哀侯爵的华丽襟饰,我们仿佛到了圣芭德雷米的驯马场。

* * *

凡尔登战场:一望无际的矮树林,粗硬,毛躁,就像是一簇用高低不平的剪刀剪得很短的头发。那些堡垒,旧得像是年代久远的废弃残骸,堆积在那儿,像是一个脑袋被压在巨大的锻锤下,防护甲用黏土铸造,其混凝土中夹杂了某种地质结核和扁豆层等成分,随着沟壑的不同,显示不同的剖面。这个战场在几平方公里的土地上伸展,说实在的,它并不是

---

① 阿兰-傅尼埃(Alain-Fournier,1886—1914)的《大个子莫林》中的主人公。

一点没有开垦过或者说荒芜的：它只是被改变了用途，像一头猛兽被打晕后奇怪的沉寂。远方地形的起伏显现出一种严峻，却很清晰，甚至可以作为方位标，给人设立一些标记，就像任何错误的标记都会改变风景，当然不会用遥感镜头去看。有一些小山丘命名为云雀山之类的，那么这座小山，似乎一直以来都被大家称为304高地。

这是一个阴森的地方，陡峭、险峻、偏远，在这里我们大家不会受到欢迎，到处都是僵尸，是尸体在暴死之后散发出来的僵直，只有风轻轻拂过大地，在水平线上画出一条长长的山脊线。

晚上八点，这里空无一人。只有一辆大轿车停在杜奥蒙特小镇旁，一个美国的黑人中士带着他的女朋友，神情悠闲，高一脚低一脚地走在堡垒的圆弧形垒壁上，就像是捕虾的渔民。

* * *

一种难以表达的厌恶之情，一种刻上了轻微敌意的冷淡，这就是我对里昂一直以来的感受，我在那里停留的时间仅仅几个小时而已，从来也没有想过要多呆会儿。在我的脑海里，沿着不平的山坡，是黑色的房屋和酸溜溜颜色的屋顶：没有任何亲切的画面，没有任何温柔的幻想，没有一个政治中枢，没有一场战争可以让我美化一下这个丑恶的、衰落的城市。甚至，它所坐落的山丘也是丑陋的、蹩脚的。据说这个城市是在一个矿物废堆上建立起来的。这样一个古老的法国城市，一眼望去，没有一个地方是按照深沉而又古老的默契布局规划的，而这种布局美化了数十个不起眼的城市，不仅仅鲁昂、普瓦提埃，还有苏黎世、斯图加特。

　　这种令人讨厌的丑陋,还有冰碛没有剔除的残渣,就像是一个废弃物的堆栈,在它拥挤杂乱的郊区也隐约显示出来;一块块方正的房屋建在废弃的岩石堆里。这不是法国南部的大门,通过它的方方面面看,不如说是炼狱的入口,在充满阳光的土地上只看到黑色的雨水,肮脏的房屋,破旧的火车站,被屋顶的红色瓦片破坏的青葱翠绿,可以说是最后一个可以挽救的车站。在我所到过的法国城市中,城市对我来说就是两辆火车之间的小憩;车站的站台在早晨的阴凉空气中,给我印象的是不知道通往何处。

* * *

　　赛埃镇的街道两旁全部种植了法国梧桐,树形高大,直冲屋顶,形成巨大的圆形树穹,红棕色的叶子像雪片似地覆盖着道路和屋顶,以其高大茂密的枝叶将建筑物的各个面分开,它们的出现就像希腊雅典的帕台农神庙的廊柱,而零乱矮小的房屋显得那么不起眼。

* * *

　　瑜瑟城堡:这是我最喜欢的卢瓦尔河谷的城堡,把它定义成一个完美的神话城堡——而不是一个传奇城堡——会是一件有趣的事情,崭新的白色映衬着一大片青枝绿叶,就像变魔术一样。

* * *

　　罗克鲁瓦:一座玩具城堡,它的建造就好像童年的彼得大帝在军事演习中训练他的部队:从中央广场到呈星形辐射的各个街头,是一圈石头围起的壁垒。我们很难相信,强势的西班牙步兵团曾经以夺取这个微不足道的小镇为目标①,我们说这个小镇更像是为了斗牛而在各个路口设置的路障。

* * *

拉昂:城市的塔楼上是一排石牛,俯视着一望无际的、一块一块云状的麦田,每次看到这个景象,就会有种奇怪的感觉,和我十九岁时在泰特美术馆看到的一幅很一般的拉斐尔前派的米诺陶洛斯的画(我想应该是沃茨的画)的感觉一样。公牛的形象很迟钝,奇怪地被设计成了一个看守者的姿势,表现出某种兽性的预感,晦涩的预感:预感之夜;在这些奇怪的侧影背后,是蓝蓝的天空,但就像是被施了魔法一样,蓝天突然间变成了暴雨的天空。

* * *

图尔、洛什、希农:众多的建筑物表面是凝灰岩,干净、清爽,还有节日的喜庆,但常常被一个遮盖物覆盖着,同其他材料一样,让人想起早上八点清新的阳光。

* * *

坎佩尔:当我们通过洛里昂线来到这里,看到郊区的那些荒芜的小房子,如同蜂窝一般错落在狭窄的山谷两侧,我总会想起马克思·雅各布同样苦涩的诗句:

---

① 此处暗示罗克鲁瓦战役,发生在法国和西班牙军队之间(1643 年)。该战役以法国军队的获胜而告终。

从前,当我看见白色的贫穷郊区,
我的泪水连树木也要笼罩。

荒原景色的片段

松树林中的空地,在橡树铺展开的树枝下面,事实上比松林的颜色更阴暗,被一层短小的、紧密的、天鹅绒般柔软的草铺满了。这些橡树树枝使一片富饶的、发光的、镀金的青色小斑点在地上不停晃动。这就是这块发生火灾的松林中间的阴暗的清新。林中空地,或者是这片沙漠中的绿洲带给人的印象产生了这片发生火灾的松林。

小小的带着栅栏保护的房屋很盲目地坐落在树下、草下,就像是被乱七八糟地扔在弹子球地毯上的一场建筑游戏。草中没有围墙,没有小路,甚至没有划过的痕迹。百叶窗都关着,这里没有任何人,只有树枝下水栖动物清凉的影子。六七间房屋:已经算是个相当大的村庄了。

松林种植得很密集,很难看,由于垂直的树干高耸硬直,任何东西都无法将它折断或隐藏;凄凉的乔木如同一排电线杆排成长条,走更远些,空气更流通了——这是一片明亮的阳光森林,在这里松树很惬意地扭动着自己的树枝,就像是废铁在炽热的火盆中发出噼噼啪啪声一样;这里的一切都在噼啪作响——阳光一个小薄片一个小薄片地扯开树皮,开裂使松果咯咯作响,还有散步的人脚下干燥的针叶:所有一切都在颂扬着易燃烧的干燥。路边小草及一片闪闪发亮的绿色所形成的一条双重的条带在这里制造了一条清新的小路,越来越远地通向童话故事中的林中空地的宽敞处。矮小的房屋躺在草地上的树影下,如同远处橡树下反刍的牛群。

大片整齐的松林非常美丽,发生过火灾的空地上又重新长出美丽树木:绿芽勉强长出一米高。远处,几公里外,茂密的树林如同黑紫色的峭壁,同荒原连成一片,我们听得到拍浪流过自由的大海时激起的动荡的响声。

更远处,在荒无人烟的采伐处,一叠一叠的木板堆、一堆一堆的黄色钜屑、一桶一桶的树脂,看起来就像琥珀或是海洋中的泡沫,给这块地增添了不少虚幻的色彩和声音。这块贫瘠沼泽地的由来还曾有一个传说:它是一个梦想中的自由国度,一个大家需要的撒哈拉,为了更好的呼吸,不受经济约束,它努力创造自己的声音和味道,把自己奉献给了沙、风和太阳,还有树木,当沙、风和太阳穿过树木时不会打扰它们的平静,这样,产生了最少的影子,却带来了最多的音乐。

* * *

奥斯戈尔:当我们在海滩上往下走时,沿着涨潮带,我们首先看到的是渔民在沙滩上一望无际地铺开要晒干的精细的黑网;走近看,每个海浪的花边都被燃料油的细粒镶上了边,就像是丧事女帽上的短面纱。这层燃料油把所有在这里游泳的人都变成了黑脚之人。在拉卡诺,固体状态的燃料油不如这里量多;但是上升的海面泛着泡沫,呈海豹的蓝黑色,海边沙滩上也流动着浅棕色的液体。以前在波罗的海的海滩上,我们还能收获琥珀:现在我们已经把这一切都改变了。

在阿尔日莱叙梅尔,十万个露营者已经志愿接替西班牙1939年的避难者:这个带刺的铁网的集中营很明显是1963年为了七、八百万法国人所建的生活的快乐的外形;现在只剩下带刺的铁丝网,其内容已经发生了变化。

在波尔多附近的滨海皮拉市的松树中,有一幢波尔多交易大厦的豪华别墅,让人想起了兰波的诗句:来吧,葡萄酒都去了海滩。

* * *

南特的心脏对于我来说一直都跳动着,并伴随着古老的有轨电车的叮当声,我每次周日外出时,在商业广场的停车站前,在清晨阳光的照耀下,城市微微泛着黄色,充满活力,而又带点苦涩,就像本地出产的麝香葡萄酒。

我曾经在"南特学院"的一本文集中看到一则轶闻,它在我看来和这个奇怪城市的灵魂有着某种联系。在上个世纪末,特朗特姆勒(这个名字已经让我着迷)码头对面住着一对渔民夫妇:让和厄涅斯蒂娜。特朗特姆勒建在河流南岸,村子里居民多是渔民、船员和领航员,当时在河上还有一个很小的岛,据说是叫做梅蓬岛,离码头相当近,从很久以前就已经不再给河道疏浚了。让的家在白杨树的下面,一个简陋的小屋,里面放置着他渔网和擎索的小用具:大伙认为他想从河里钓些鳗鱼上来,或是还有其他什么原因。厄涅斯蒂娜,一个强悍的长舌妇,掌管了家里所有的开支,怀疑她丈夫偷懒而经常溜到他的小船上,在小岛的庇护下,到附近的佛斯码头从事一些福音活动,因而欠了某个专卖麝香葡萄酒小店的钱,这就是为什么厄涅斯蒂娜在给孩子们擦洗完把汤煮上后,离开她特朗特姆勒的茅草屋,一天五六次,双手叉腰,站在沙滩的尽头,对着白杨树的方向(五百米远)呼唤,或者说吼叫更恰当:"让!"。此时,会有一个疲倦却依然有力的声音,不间断地穿过卢瓦尔河,飞向对面"M...!"

这个场景持续了四十年,已经构成了佛斯码头最实质的一景,和摆渡轮上的哐当声以及在拉布勒斯车站那边火车头拉着火车慢速行驶时发出的咝咝声一样亲切。这个故事常常被人取笑,其实不然,这对夫妻间不可动摇的对话在半个世纪里,跨越了卢瓦尔河,超越了长途邮件、索引机车以及装糖或是可可的货轮,给大半个城市上演了一场圣洁的婚姻和经历的种种考验,这继续使我狂喜。它成为这个充满活力的大城市的象征,充满了乡土气息,不管是粗糙的还是青绿的,完全被乡村所渗透,甚至在城中心商业广场附近的那些小咖啡馆里,仍然听得到旺代的方言,几年前,在大酒桶咖啡馆,我们曾大桶大桶地喝着麝香葡萄酒,就像是在阿伊·弗阿斯耶尔的食物储藏室一样。1793年,绿色篱笆军队同时从各个方向入侵城市,只是在凯瑟林诺①大元帅倒下的威阿姆广场才被阻止前进。至今,在这个乡巴佬的港口的路面上仍可听见某种幽灵般的噼啪声作响,还夹杂着果香和泥土的清香,如同乡村葡萄酒压榨时的清新。这种感觉对于我这个在南特乡村土生土长且一直很满足我所在的城市的生活的人来说,不会使我对加龙河畔、夏尔特龙式的贵族城市感兴趣的。

肯定了,南特也有另外的景象。

* * *

巴塔耶岛上卢瓦尔河沙岸——当我们在和水面相同的高度躺下时,田野、房屋都会在视野中隐藏起来,那些陡岸却变得更加野性,时间的流逝如同奥里诺科河或是塞内加尔河两岸的风景,依时间的不同,时而灰色,时而蓝色,沙岸边的缺口云隙更让人想起波德莱尔的诗句:

撕碎的天仿若沙岸。

---

① 凯瑟林诺(1759—1793),1793年法国西部保王党首领。

风慷慨地摇曳着柳树银色的柳条和灰色的橄榄枝,如同海浪撞上暗礁泛起轻轻泡沫。河水逐渐减少时,在窄窄的淤泥带上面出现了几百个小鸟爪子留下的痕迹——有时候,在我们目光不易察觉的地方,还可以看到鹭张开的细长爪子留下的印迹。在河水刚刚退去而留下的干干的、柔软的淤泥地里面,温热的淤泥飞溅到脚趾间,传递一种很特别的愉悦。冬天里,河水水位下降,漩涡渐渐消失,露出的河岸如同游戏里的一个地形图,尽显河流的细纹:细腻的淤泥,在眼阳光下呈现出破裂花纹,就像尼罗河的淤泥,大沙砾和小石子被河水拍打着,有的突兀,有的呈鳞片状剥落——在背水一面形成细腻的河沙,与沙丘里的沙粒一样柔软。

水,表面上很平静,但当我们潜到深一点的时候,就背信弃义地变得凶猛起来,带着寒冷而刺鼻的淤泥和鱼腥的味道,每次当太阳落山时,这股味道就从水中散发出来,和小时候的夏日夜晚一样的味道,当第一道寒气降临的时候,这股味道会变得越来越细,一阵寒战会拂过全身;当我们重新再爬上陡岸,泥沙还在微微发烫,脚下的草已经冷却,这时夜幕降临:撒哈拉细小的水流沿着尼日尔绕上一圈就被截然切断,停止了。

* * *

絮片状的柳树,如河流清晨的薄雾,绕成一团,点缀在河岸两侧,等待清晨的来临。

我沿着战争岛上山谷之桥的上游发现了在圣弗洛朗镇卢瓦尔河岸最漂亮的绿景:一层灰色的高高的柳叶,轻薄柔软,也很致密,后面便是一排白杨树,柳条浸在如薄雾的水中,与河岸相连,仿佛温柔地抚摸,后面的白杨树带着一副傲气展开了它高高的叶片,像一排空中舰队,带有几分威严,水中的树和空气中的树相互映衬,并在这个充满柔情的河岸边缘连成一片,夏日夜晚,薄雾微起,卢瓦尔河的拐角处呈阶梯状的绿色景致让人想起马尔盖笔下的河岸风景画。

图书在版编目（CIP）数据

首字花饰 ／（法）格拉克著；王静译. -- 上海：华东师范大学出版社，2011.9
（巴黎丛书）
ISBN 978-7-5617-8811-0

Ⅰ.①首… Ⅱ.①格… ②王… Ⅲ.①文学评论－法国 Ⅳ.①I565.06

中国版本图书馆 CIP 数据核字（2011）第 156202 号

华东师范大学出版社六点分社
企划人　倪为国

LETTRINES
by Julien Gracq
Copyright© Librairie José Corti, 1980
Published by arrangement with La LIBRAIRIE JOSE CORTI through Shin Won Agency. Co.
Simplified Chinese Translation Copyright © 2011 by East China Normal University Press Ltd.
ALL RIGHTS RESERVED.
上海市版权局著作权合同登记 图字：09-2005-612 号

巴黎丛书
首字花饰
（法）朱利安·格拉克　著
王静　译

责任编辑　李炳韬
封面设计　魏宇刚
责任制作　肖梅兰

出版发行　华东师范大学出版社
社　　址　上海市中山北路3663号　邮编　200062
网　　址　www.ecnupress.com.cn
电　　话　021－62450163 转各部门　行政传真　021－62572105
客服电话　021－62865537（兼传真）
门市（邮购）电话　021－62869887　地址　上海市中山北路3663号华东师范大学校内先锋路口
网　　店　http://ecnup.taobao.com
印　刷　者　上海景条（印刷）有限公司
开　　本　890×1240　1/32
插　　页　2
印　　张　4.5
字　　数　84 千字
版　　次　2011年9月第1版
印　　次　2019年6月第2次
书　　号　ISBN 978-7-5617-8811-0/I.789
定　　价　48.00元

出　版　人　王焰

（如发现本版图书有印订质量问题，请寄回本社客服中心调换或电话021-62865537联系）